전래동화와
스토리텔링

전래동화와
스토리텔링

김영주 · 이상민 공저

그림 · 박수현

한국문화사

지은이
김영주 경희대학교 한국어학과 조교수
　　　　 미국 로체스터대학 언어학박사
　　　　 미국 아메리칸대학 TESOL석사
　　　　 이화여대 불어불문학과 학사

이상민 경희대 평생교육원 스토리텔링과정 주임강사
　　　　 인천교원연수, 이보영토킹클럽, 웅진교육 강사
　　　　 성균관대학교 경영대학원 석사
　　　　 계명대학교 미국학과 학사

연구조원
박아현 경희대학교 대학원 국제한국언어문화학과
김성지 경희대학교 대학원 국제한국언어문화학과

그　림 **박수현**

　세계화의 영향으로 국내·외의 다양한 환경에서 한국어를 제2언어로 배우는 아동 학습자들이 증가하고 있다. 하지만 기존의 외국어로서의 한국어 교육이 대부분 성인 대상이어서 한국어 교재 또한 아동들에게 적용하여 교육을 하기에는 다루고 있는 어휘 및 문형 그리고 내용면에서 부적절한 부분이 많다. 따라서 다문화 및 재외동포 가정 아동들을 대상으로 하는 교재가 필요하다는 생각에 전래동화 스토리텔링을 활용한 교재 개발을 시도하였고 이제 책으로 출간하게 되었다.

　동화는 아동에게 흥미를 유발하고 학습에 긍정적인 태도와 친밀감을 갖게 한다는 장점 때문에 모국어 및 외국어를 망라한 언어 교육에 활용되어 왔다. 동화의 교육적 가치는 비단 흥미만이 아니다. 동화라는 문학을 통해 아동은 문화를 동반한 총 체적 경험을 하고 인지적 발달은 물론 정서적 발달의 기회도 제공 받는다. 특히 전래동화는 과거를 바탕으로 현재와 미래를 상상하게 한다는 점에서 아동들의 상상력 회복에 중요한 역할을 한다. 본 교재는 한국 전래동화에 스토리텔링기법을 접목하여 한 국어를 제2언어로서 접하고 문어보다 구어에 노출되어 간단한 말들은 듣고 이해하는 5세에서 10세 전후의 아동들을 대상으로 개 발되었다.

　본 교재는 한 편의 동화를 한 주제로 잡고 주제 하에 어휘와 문형 그리고 문화가 적절하게 어우러져 다양한 과제의 모습으로 소개되는 모형을 기본으로 한다. 본 교재에 활용될 스토리텔링기법은 그림 책 읽기 활동에 수반되는 다음과 같은 세 가지의 기본 행동에 바탕을 둔다.
　1) 말하고 기다리기: 책에 제시된 사물이나 사건에 대해 평서문으로 말하고 학습자들로 잠시 생각할 시간을 준다. 교사는 책에 대한 언급을 일상생활에서의 경험으로 연결할 수 있다.
　2) 질문하고 기다리기: 질문들은 학습자들의 관심과 발달 단계에 맞는 것들로 개방형과 폐쇄형을 포함한다. 교사는 이미 학습자들이 관심을 표명했던 것들을 연관하여 질문할 수 있다. 학습자들의 응답을 기다리는 시간은 질문 후 5초가 적당하다. 개방형 질문들은 좀 더 복합적인 답을 요구하는데 예를 들어 "무엇이 보입니까?", "무슨 일이 일어나고 있나요?"와 같은 것들이다. 이에 반해 폐쇄형은 "고양이가 보입니까?"와 "이것이 무엇인가요?"등이다.
　3) 좀 더 확장하여 답하기: 학습자의 발화를 바탕으로 문장 및 단어의 길이 및 내용을 확장한다. 교사는 학습자보다 약간 어려운 언어 및 좀 더 복잡한 정보를 말하도록 권장되며 이로써 학습자는 자신이 발화한 언어와 교사가 발화한 좀 더 어려운 발화를 비교하여 차후 습득에 준비한다. 예를 들어 학습자가 "공"이라고 하면 교사는 "큰 공"으로 좀 더 확장한다. 이는 학습자의 발화를 강화하고 다음 단계의 학습에 준비하게 한다.

　본 교재는 총 16편의 전래 동화를 담고 있다. 교과서에 게재된 동화 외에 한국의 대표 동화로 여겨지는 동화들을 인터넷 및 외국인을 위한 한국 전래동화 서적에서 선정하였으며 이어 아동의 수준에 맞게 내용 및 언어를 개작하였다. 개작한 상태에서 어휘나 문형의 어려움 및 내용의 복잡함에 따라 16편을 각 8편 씩 1부와 2부로 나누었다. 본 교재가 수업의 부교재로 쓰일 것으로 예상하고 각 권에 2주 1편 분량으로 한 학기 8편을 구성하였다. 1부의 동화들에는 단문을 주로 사용하여 문형의 단순화를 시도하였고, 2부의 동화들에는 연결어미로 연결된 종속절의 도입으로 복문을 사용하나 빈출도가 높은 연결어미 사용을 위주로 하였다. 각 부에 총 8편의 전래 동화가 소개되며 한 편당 한 단원으로 이루어졌다. 각 단원마다 기본 문형과 12개의 중심 어휘가 제시되었다.

교사는 한 단원을 두 번의 수업으로 수업계획안에 따라 진행할 수 있다. 한 단원은 총 14쪽으로 구성되며 첫 장은 제목과 그림을 통해 동화의 주제 및 내용에 대한 브레인스토밍을 할 수 있도록 하였다. 1차시 수업은 듣기와 말하기 위주의 활동으로 짜여 있으며 마무리는 이야기 지도를 통해 내용 다시 말하기로 맺는다. 2차시 수업은 개방형 질문을 통해 전에 배운 문형과 어휘의 반복 연습을 유도하며 읽기와 쓰기 중심의 활동을 실시한다. 마무리는 동화 내용을 다시 재구성하여 쓰도록 하는 책 만들기로 맺는다. 단원 내의 모든 활동들은 제2언어로서의 한국어 학습뿐 만이 아니라 상상력 및 창의성 자극과 스스로 작업을 완성했다는 자신감 취득도 목표로 한다.

끝으로 다문화 및 재외동포 가정 아동을 대상으로 하는 한국어 교육 현장에서 노고가 많으신 분들에게 본 교재가 도움을 주길 바라고 우리의 작은 노력이 한국어의 세계화에 힘을 보태길 소망한다. 이 책이 나오기까지 모든 과정에서 뛰어난 재능과 감각으로 많은 도움을 준 경희대학교 대학원 국제한국언어문화학과 석사 과정 학생인 박아현과 김성지에게 감사의 마음을 표한다. 그리고 아동들의 눈높이에 맞추어 동화의 내용을 그림으로 표현해 준 박수현에게도 감사를 표한다.

경희대학교 국제캠퍼스에서
김영주

|차 례|

금도끼와 은도끼

옛날 옛날에 착하고 정직한 나무꾼이 살았어요.

나무꾼은 가난하지만 어머니와 행복하게 살고 있었어요.

어느 날, 나무꾼이 연못 옆에서 나무를 하다가 도끼를 연못에 빠뜨렸어요.

'아이구, 큰일 났구나. 연못이 깊어서 들어갈 수도 없고…'

나무꾼은 도끼가 하나밖에 없었어요.

'새 도끼를 살 돈도 없는데 이제는 어떻게 나무를 하지?'

집에 계신 어머니를 생각하자 눈물이 났어요.

그 때 갑자기 연못에서 흰 수염이 길게 난 산신령님이 나타났어요.

"나무꾼아, 왜 울고 있니?"

"하나밖에 없는 제 도끼가 연못에 빠졌어요."

산신령님은 연못 속으로 사라졌어요. 얼마 후에 산신령님이 금도끼를 들고 나타났어요.

"나무꾼아, 이 금도끼가 네 것이니?"

"아니요. 그 도끼는 제 것이 아니에요."

나무꾼이 머리를 흔들며 말했어요.

산신령님은 다시 연못 속으로 사라졌어요. 이번에는 은도끼를 들고 나타났어요.

"나무꾼아, 이 은도끼가 네 것이니?"

"아니요. 그 도끼도 제 것이 아니에요. 제 도끼는 낡은 쇠도끼예요."

나무꾼은 정직하게 대답했어요. 산신령님이 또다시 연못 속으로 사라졌어요.

이번에는 낡은 쇠도끼를 들고 나타났어요.

"나무꾼아, 이 낡은 쇠도끼가 네 것이니?"

"네, 맞아요. 그 도끼가 제 것입니다."

나무꾼은 낡은 쇠도끼를 받고 기뻐했어요.

"산신령님, 정말 감사합니다."

"너는 참 정직하구나. 착하고 정직한 너에게 이 금도끼와 은도끼를 상으로 주겠다. 집에 계신 어머니와 행복하게 살아라."

정직한 나무꾼은 금도끼와 은도끼를 산신령님께 상으로 받았어요.

그리고 어머니와 행복하게 살았어요.

수업계획안

제목		금도끼와 은도끼		
학급 형태	나이	5~10세		
	수준	초급(듣기: 초급/ 말하기: 초급/ 읽기: 초급/ 쓰기: 초급)		
	학생 수	20명	시간	40~50분
어휘		나무꾼, 연못, 산신령님, 도끼, 금도끼, 은도끼, 쇠도끼, 상, 착하다, 정직하다, 낡다, 행복하다		
표현		<u>이 금도끼가 네 것이니?</u> <u>아니요. 그 금도끼는 제 것이 아니에요.</u> <u>네, 맞아요. 그 쇠도끼가 제 것이에요.</u>		
목표		이야기의 내용을 듣고 이해할 수 있다. 이야기 지도를 그릴 수 있다. 교사로부터 들은 이야기를 다시 말할 수 있다. 사물의 소유자를 말할 수 있다. 사물의 형태를 설명할 수 있다.		

과정		학습 활동
수업 단계	1. 제시하기 → 배경지식 쌓기	1. 나무꾼이 무엇을 하는 사람인지를 질문해 본다. 2. 산신령님은 어디에 사는지 학습자들에게 말한다. 3. 주요 낱말을 소개하고 익힌다. → 게임: 기억 게임 (활동 내용 참조)
	2. 연습하기 → 스토리텔링과 이야기 지도 그리기	1. 스토리텔링을 한다. → 교사는 등장인물에 대한 다양한 목소리로 학생들이 집중해서 이야기를 들을 수 있도록 유도한다. (활동 내용 참조) 2. 이야기에 나오는 내용을 질문해 본다. → 게임: O, X 퀴즈 (활동 내용 참조) 3. 이야기 지도를 그리고 말하기를 한다. → 이야기 지도를 통해 학생들 스스로가 이야기를 말할 수 있다. (활동 내용 참조) 4. 유도적 말하기 훈련을 한다. → 게임: 추측 가방 (활동 내용 참조) 5. 교사와 함께 읽기를 한다. → 메아리식 읽기 (활동 내용 참조) 6. 듣고 말을 전달하는 연습을 한다. → 게임: 말 전달하기 (활동 내용 참조)
	3. 활용하기 → 책 만들기와 역할극하기	1. 집중적으로 낱말을 연습한다 → 게임: 어울리는 말 찾기 (활동 내용 참조) 2. 학습자 스스로가 책 만들기를 한다. → 책 만들기 (활동 내용 참조) 3. 역할극을 통해 유창하게 말하고 이해할 수 있다. → 역할극하기 (활동 내용 참조) 4. 학습자들이 활동지를 풀어 본다. (활동 내용 참조)

활동 내용 1

■ 수업 재료

- 낱말카드 (낱말카드 쪽 참조)
- 가면
- 금도끼, 은도끼, 쇠도끼
- 색연필, 개인 소지품, 추측 가방

■ 학습 활동

1. 학습자들에게 나무꾼이 무엇을 하는 사람인지 추측해 보게 한다. 이 때, 교사는 학습자들의 이해를 돕기 위해 간단한 마임(mime)을 보일 수도 있다.

2. 산신령님은 어디에 사는지 질문해 본다.

3. 기억 게임을 통해 주요 낱말을 익힐 수 있도록 한다.
- 주요 낱말을 소개해 본다. (학습자의 연령을 고려해서 먼저 6개 정도의 카드만 사용한다. 익숙해 질 때 카드의 수를 늘린다.)
- 교사는 준비된 낱말카드를 이용해서 하나씩 소개하며 칠판에 제시한다.
- 제시된 카드를 교사가 한 번 읽고 학습자들이 반복해서 따라 읽도록 유도한다. 학습자들이 제시된 낱말을 모두 읽고 나면 교사는 카드를 모두 수거해서 손에 쥔다. 다시 칠판에 제시할 때 이번에는 하나를 빼고 제시한다. 학습자들에게 어떤 카드가 없어졌는지 기억해서 말하게 한다. 교사의 손에 카드가 한 장 남을 때까지 같은 방식으로 계속한다.

4. 스토리텔링을 한다.
- 교사는 칠판에 간단한 배경 그림을 그린다. 큰 연못을 중앙에 그린 다음 학습자들에게 연못이라고 말한다. 주변에는 나무들을 그린다. 나무라고 말한다.

> **교사:** 자, 여러분, 선생님이 그리고 있는 이것은 무엇일까요?
> 여기는 넓고 깊게 땅이 들어간 곳으로 물이 있는 곳이에요.
> **학습자1:** 연못이에요.
> **교사:** 연못, 맞아요. 다 함께 다시 말해 볼까요? 연못.
> **학습자들:** 연못.
> **교사:** 주변에 이것들이 많네요? 무엇일까요?
> **학습자2:** 나무.
> **교사:** 나무, 맞아요. 다 함께 다시 말해 볼까요? 나무.
> **학습자들:** 나무.
> **교사:** 이제, 금도끼와 은도끼를 이야기할게요. 잘 들어보세요.

- 교사는 등장인물에 따른 다양한 목소리를 사용해서 학습자들이 집중해서 이야기를 들을 수 있도록 유도한다. 이야기를 할 때는 학습자들의 이해를 돕기 위해 간단한 준비물을 이야기 도중 사용하는 것이 좋다. 가면을 준비해서 나무꾼이 말할 때는 나무꾼의 가면을 사용하고 산신령님이 말할 때는 산신령 가면을 사용한다. 각 도끼들은 미리 준비해 둔 도끼 그림을 사용한다. 예를 들어, 금도끼는 진한 노란색이나 황금색으로 도끼를

색칠한다. 은도끼는 은색으로 색칠하고, 쇠도끼는 진한 회색으로 색칠한다.

교사는 나무꾼이 열심히 나무를 패서 지게에 쌓는 표현을 한다. 나무꾼이 굉장히 열심히 일하고 있다는 것을 학습자들이 느낄 수 있도록 유도한다.

5. 스토리텔링이 끝나면 학습자들에게 O, X 퀴즈를 낸다.

> **교사**: 자, 여러분. 이야기가 재미있었어요?
> **학습자들**: 예.
> **교사**: 그럼 지금부터 O, X 퀴즈를 할 거예요. 선생님이 말하는 것을 잘 들으세요. 하나, 둘, 셋, 넷, 다섯하고 숫자를 셀 거예요. 방금 들은 이야기의 내용과 맞으면 손을 위로 들어 O를 만들고 나서 "네" 라고 하고, 이야기의 내용과 다르면 두 손을 앞으로 펴서 X를 만들고 나서 "아니요" 라고 말하면 돼요. 준비됐어요?
> **학습자들**: 네.
> **교사**: 첫 번째 문제예요. 나무꾼은 연못 옆에서 나무를 했어요.
> 　　　　하나, 둘, 셋, 넷, 다섯.
> **학습자들**: (O를 만들면서) 네.
> **교사**: 와! 잘 했어요. 나무꾼은 연못 옆에서 나무를 하고 있었어요.
> 　　　　두 번째 문제예요. 나무꾼은 그만 연못에 연필을 빠뜨렸어요. 하나, 둘, 셋, 넷, 다섯.
> **학습자들**: (X를 만들면서) 아니요.
> **교사**: 잘 했어요. 나무꾼은 연못에 무엇을 빠뜨렸어요?
> **학습자들**: 쇠도끼.
> **교사**: 맞아요. 나무꾼은 도끼를 연못에 빠뜨렸어요.

6. 이야기 지도를 학습자들과 함께 그린다.
- 1: 나무꾼/ 2: 연못 옆에서/ 3: 쇠도끼/ 4: 연못 안에서/ 5: 산신령님/ 6: 금노끼/ 7: 은도끼/ 8: 금도끼, 은도끼, 쇠도끼/ 9: 상
- 교사가 제시한 내용을 보면서 이야기를 다시 말할 수 있도록 학습자들을 유도한다.
- 학습자들은 제시된 상자 속에 있는 낱말들을 오려서 이야기 순서에 따라 원 안에 붙인다.

7. 교사는 미리 추측 가방(guessing bag)을 준비한다. 학습자들에게 가방을 보인 후 가방 속에 개인 소지품 중 하나씩만 넣도록 한다. 교사는 학습자들 중에서 한 명을 호명한 후 가방 속에서 물건을 꺼내 질문해 본다.

> **교사**: 이 공이 네 것이니?
> **학습자**1: 아니요. 그 공은 제 것이 아니에요.
> **교사**: 그럼, 이 지우개가 네 것이니?
> **학습자**1: 네, 맞아요. 그 지우개가 제 것이에요.

8. 활동지를 풀어 본다.
- 말풍선 속의 그림에 따라 질문해 본다.

> **교사**: (첫 번째 그림을 가리키면서) 이 친구는 누구예요?
> **학습자들**: 민수예요.
> **교사**: 선생님의 말을 듣고 답해 보세요.
> 　　　　(첫 번째 가방 그림을 가리키면서) 이 가방은 민수의 것이니?
> **학습자들**: 아니요. 민수의 것이 아니에요.

활동지

■ 그림을 보고 친구들의 물건을 찾아 주세요.

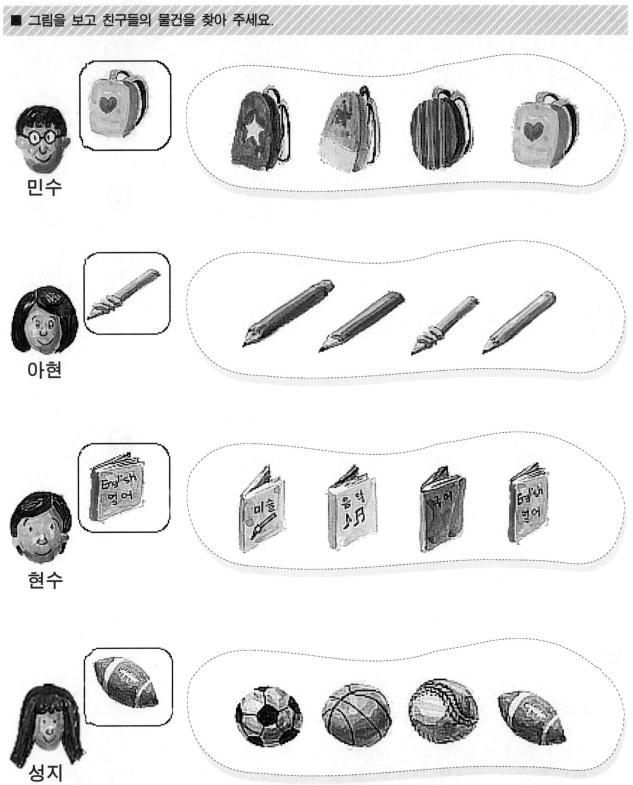

민수

아현

현수

성지

이야기 지도 그리기

■ 상자 속에 있는 낱말들을 오려서 이야기 순서에 따라 원 안에 붙이세요.

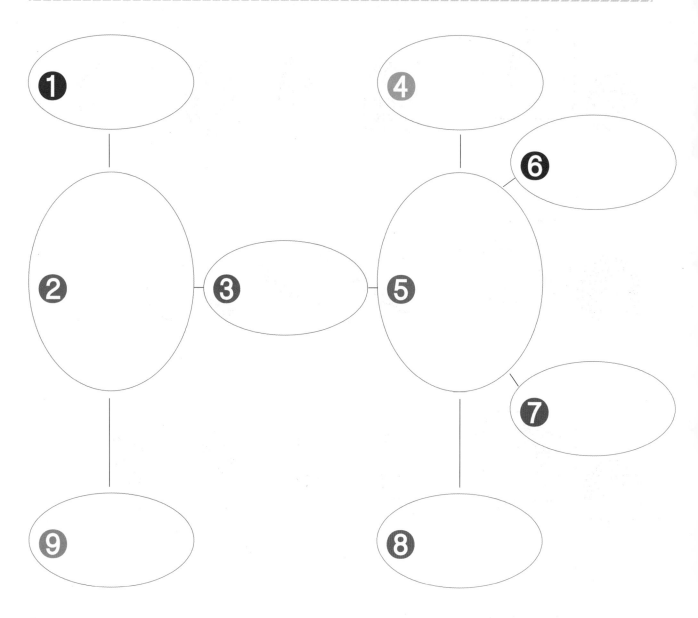

✂ ....

나무꾼	연못 옆에서	산신령님	금도끼	상
은도끼	쇠도끼	연못 안에서	금도끼, 은도끼, 쇠도끼	

활동 내용 2

■ **수업 재료**

- 본문 내용을 적은 큰 종이
- 포스트잇 여러 장
- 뿅망치 2개 (장난감용)
- 가위, 풀

■ **학습 활동**

1. 교사는 본문 내용을 적은 종이를 미리 준비해서 학습자들과 함께 메아리 읽기 방법으로 본문을 읽는다. 메아리 읽기(echo reading)란 교사가 먼저 한 문장을 읽고 다시 학습자들과 함께 문장을 한 줄씩 읽어 가는 것을 말한다. 읽을 때는 글자를 손가락으로 짚어 가면서 인지를 돕는다. 이 때, 학습자들은 아직 한글에 대한 인지가 충분히 없으므로 교사가 읽어주는 것에 전적으로 의지하며 교사의 읽는 모습을 흉내 내어 읽게 된다.

2. 교사는 낱말카드를 칠판에 제시한다. 교사가 하나씩 낱말카드를 제시할 때 학습자들이 따라 읽을 수 있도록 유도한다. 낱말카드를 모두 제시한 후 게임을 한다.
- 먼저 교사가 시범을 보인 후 두 명의 학습자를 호명해서 앞으로 나오게 한다.
- 학습자들 각자에게 장난감용 뿅망치를 준다.
- 교사가 들려주는 말을 잘 듣고 먼저 그 낱말 위에 뿅망치로 치는 학습자가 승리하게 된다.

3. 게임을 통해 낱말이 익숙해질 때 교사는 그 낱말을 다시 본문 내용을 적은 큰 종이 위에 붙인다. 교사가 다시 조금 빠른 속도로 본문을 읽을 때 낱말카드가 제시된 부분에서는 뿅망치로 살짝 그 낱말을 친다. 이 과정이 익숙하게 될 때 교사는 다시 그 낱말 위에 포스트잇을 붙인다. 교사가 읽을 때 포스트잇으로 붙인 곳에서는 학습자들 스스로가 낱말을 예측하며 말할 수 있도록 유도한다. 학습자들이 그 낱말을 말할 때 다시 포스트잇을 제거한 후 글자를 확인시킨다.

4. 말 전달하기 게임을 한다.
- 학습자들을 두 그룹으로 나눈 후 한 줄로 앉도록 한다.
- 제일 뒷줄에 앉은 학습자 두 명이 앞으로 나온다.
- 교사가 말해 주는 문장을 잘 듣고 각자의 자리로 돌아가서 바로 앞쪽에 앉아있는 학습자 귀에 작은 소리로 들었던 문장을 전달한다.
- 문장을 들은 그 학습자는 다시 자신의 앞쪽에 앉아있는 학습자에게 전달한다.
- 같은 방법으로 전달해서 제일 앞줄에 앉아있는 학습자에게까지 오면 맨 앞줄에 앉아있던 학습자는 교사에게 와서 들었던 문장을 말한다.

　　예> 전달할 문장 - 하나밖에 없는 제 도끼가 연못에 빠졌습니다.
　　　　　　　　　 - 제 도끼는 낡은 쇠도끼입니다.

5. 어울리는 말 찾기 게임을 한다.

- 교사는 낱말카드를 모두 칠판에 뒤집어서 제시한다.
- 뒤집힌 낱말카드들 중에서 두 장의 낱말카드를 다시 뒤집는다.
- 뒤집은 낱말들이 함께 읽어볼 때 어울리는 말이 되면 승자가 된다.
  예를 들어, 교사가 임의로 두 장의 카드를 뒤집어 봤을 때, '정직한'과 '나무꾼'이 나왔다면 '정직한 나무꾼'이
  된다. 어울리는 말이다. 그런데, 만약 '착한'과 '도끼'가 나왔다면 '착한 도끼'가 되므로 어울리지 않는다.

6. 책 만들기를 한다. (Flap Book)
- 종이를 세로 방향으로 접는다.
- 접은 종이를 다시 반으로 접은 후 편다.
- 중심선을 잘 표시해 두었다가 그 중심선을 향해 다시 반으로 접는다.
- 종이의 윗장만 접힌 선대로 가위로 자른다.

7. 역할극을 한다.
- 나무꾼과 산신령님 가면을 쓰고 두 명의 학습자들이 연기를 한다.
- 나무꾼의 역할을 맡은 학습자는 자신의 물건 중 하나를 연못에 빠뜨리는 시늉을 한다.
- 산신령님의 역할을 맡은 학습자는 다른 물건을 2개 정도 준비한 후 나무꾼과 연기를 맞출 때 사용하도록 한다.

> **학습자1**: 아이구, 큰일 났구나. 가방이 빠졌네!
> **학습자2**: 이 가방이 네 가방이니?
> **학습자1**: 아니요. 제 가방이 아니에요.
> **학습자2**: 그럼, 이 가방이 네 가방이니?
> **학습자1**: 네, 맞아요. 그 가방이 제 것이에요.

8. 낱말 속 낱말 찾기
- 미리 제시된 두 개의 낱말카드를 보고 그 낱말 속에서 새로운 낱말을 만들도록 유도한다.

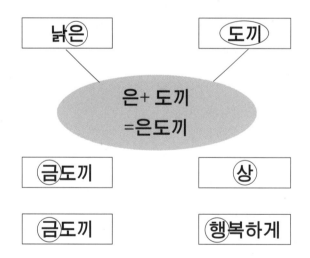

낱말카드

어머니

오빠

여동생

위

속

밖

낱말카드

✂ ....

올라가다   내려오다

열다   떨어지다

무섭다   빠르다

도움터

등급	
1등급	옛날, 깊다, 산, 속, 어머니, 살다, 어느, 날, 아래, 마을, 일, 하다, 가다, 그리고, 집, 돌아오다, 길, 그런데, 갑자기, 호랑이, 나타나다, 잡아먹다, 기다리다, 문, 밖, 소리, 들리다, 엄마, 열다, 목소리, 조금, 이상하다, 하지만, 웃다, 맛있다, 놀라다, 빠르다, 뒤, 마당, 나무, 올라가다, 어디, 말하다, 우물, 옆, 보다, 없다, 얼굴, 있다, 위, 무섭다, 하나님, 내리다, 주다, 하늘, 새(new), 내려오다, 떨어지다, 죽다, 해, 되다, 오빠, 달
2등급	흉내, 이빨, 날카롭다, 도망치다, 쫓아가다, 저희, 썩다, 여동생
3등급	
4등급	오누이, 기도하다, 동아줄

Memo

옛날 옛날에 산 속에 커다란 🐯호랑이가 살았어요.

며칠 동안 ❄️눈이 펑펑 내렸어요. 🐯호랑이는 아무 것도 먹지 못했어요.

"꾸르륵, 꾸르륵…"

"아이구, 배고파라. 어흥!"

🌙밤이 되자 🐯호랑이가 어슬렁어슬렁 마을로 내려갔어요.

"앙앙앙, 앙앙앙…"

그 때 아이의 울음소리가 들렸어요.

그래서 🐯호랑이는 아이의 집 앞으로 갔어요.

"저기 🚪문 밖에 호랑이 왔다. 뚝!"

아이의 엄마가 말했어요.

"내가 온 것을 어떻게 알았지?"

호랑이는 깜짝 놀라며 말했어요.

그러나 아이는 계속 더 크게 울었어요.

"자꾸 울면 호랑이가 잡아간다."

엄마가 말했어요. 그래도 아이는 울음을 그치지 않았어요.

그 때였어요.

"곶감이다. 뚝!"

엄마가 말하니 아이는 울음을 뚝 그쳤어요.

"곶감이라고? 그게 뭔데 아이가 울음을 뚝 그치는 거지?"

호랑이는 🥮곶감이 무서웠어요.

그 때, 커다란 것이 🐯호랑이 등 뒤에 올라탔어요.

그것은 🐮소를 훔치러 온 👤도둑이었어요.

👤도둑은 호랑이가 🐮소인 줄 알고 올라탄 거예요.

'아이쿠, 이게 바로 곶감이구나!'

호랑이는 👤도둑이 🥮곶감이라고 생각했어요.

그래서 👤도둑을 떨어뜨리려고 있는 힘을 다해 달렸어요.

'떨어져라! 제발 떨어져라!'

그러나 👤도둑은 꼭 달라붙어 떨어지지 않았어요.

'과연 무서운 놈이구나!'

🐯호랑이는 달리고 또 달렸어요. 쉬지 않고 계속 달렸어요.

제목	호랑이와 곶감		
학급 형태	나이	5~10세	
	수준	초급(듣기: 초급/ 말하기: 초급/ 읽기: 초급/ 쓰기: 초급)	
	학생 수	20명	시간	40~50분
어휘	꾸르륵, 어흥, 앙앙, 어슬렁어슬렁, 뚝, 펑펑, 달리다, 놀라다, 배고프다, 울다, 깜짝, 곶감		
표현	아이의 울음소리가 들렸어요.		
목표	이야기의 내용을 듣고 이해할 수 있다. 동물의 소리와 움직임을 표현할 수 있다. 다양한 소리를 말로 표현할 수 있다. 감정을 표현할 수 있다.		

과정	학습 활동	
수업 단계	1. 제시하기 → 배경지식 쌓기	1. 추측 활동을 한다. (활동 내용 참조) 2. 박자음으로 동물 소리들을 말해 본다. (활동 내용 참조) 3. 낱말 말하기 연습 활동을 한다. (활동 내용 참조) → 게임: 그림 위에 먼저 손을 갖다 대기
	2. 연습하기 → 스토리텔링과 이야기 지도 그리기	1. 스토리텔링을 한다. → 교사는 소리와 행동을 표현하면서 이야기해 준다. (활동 내용 참조) 2. 이야기에 나오는 내용을 질문해 본다. → 퀴즈: 무엇일까요? (활동 내용 참조) 3. 이야기 지도를 그리고 말하기를 한다. → 이야기 지도를 통해 학생들 스스로가 이야기를 말할 수 있다. (활동 내용 참조) 4. 통제적 말하기 → 시범: 의성어와 의태어를 구분해서 듣고 이해할 수 있다. (활동 내용 참조) 5. 유도적 말하기 → 게임: 의성어와 의태어 구분하기 (활동 내용 참조) → 표정 짓기 놀이 (활동 내용 참조) 6. 큰소리 내어 읽기를 한다. → 듣고 몸으로 표현해 본다. (활동 내용 참조) 7. 모둠별 게임을 한다. → 게임: '곶감이다' (활동 내용 참조)
	3. 활용하기 → 책 만들기	1. 학습자 스스로 책 만들기를 한다. → 책 만들기 (활동 내용 참조) 2. 학습자들이 활동지를 풀어본다 → (활동 내용 참조)

활동 내용 1

■ **수업 재료**

• 낱말카드 (낱말카드 쪽 참조)
• 동물의 사진이나 그림 (개, 고양이, 오리, 소, 염소, 돼지, 호랑이)
• 지름 1.5cm의 원을 오려 낸 A4용지
• 빨간색 원, 초록색 원 (각각 지름 10cm)
• 연필 또는 색연필

■ **학습 활동**

1. 교사는 동물의 사진이나 그림을 준비한다. 또 A4용지에 작은 원(지름 1.5cm)을 오려서 준비한다.

> **교사**: 여러분, 작은 구멍 뒤로 그림이 있어요. 동물 그림이에요.
> 자세히 보고 또 선생님이 들려주는 소리를 듣고 어떤 동물인지 말해 봐요.
> 어흥, 어흥 소리가 나네요.
> **학습자들**: 사자.
> **교사**: 아니에요, 다시 생각해 보세요. 어흥하는 소리가 나네요. 이 동물은 산 속에 살고 있어요. 굉장히
> 무서운 동물이지요.
> **학습자들**: …
> **교사**: 호랑이에요. 다 함께 따라해 볼까요?
> **학습자들**: 호랑이.
> **교사**: 잘 했어요. 어흥, 호랑이 소리가 들렸어요.
> 자, 그럼, 이 동물의 소리를 듣고 어떤 동물인지 말해 봐요.
> 멍멍, 멍멍 소리가 나네요.
> (개-멍멍; 고양이-야옹; 오리-꽥꽥; 소-음매; 염소-매; 돼지-꿀꿀)

2. 동물 그림카드를 칠판에 제시하면서 함께 읽어본다. 함께 즐겁게 4박자 음으로 말해본다. 하나, 둘, 셋, 넷.

> **교사**: (손을 귀에 갖다 대고 말한다) 무슨 소리가 들렸어요?
> **학습자**: 어흥. (소리가 들렸어요)
> **교사와 학습자들**: (함께 손뼉 치며, 하나, 둘) 호랑이 소리예요.

3. 그림카드를 모두 칠판에 붙인다. 두 명의 학습자를 호명하여 교사가 들려주는 소리를 듣고 먼저 가서 손바
   닥을 그 그림 위에 올려놓는다.

> **교사**: 어흥, 어흥.
> **학습자1**: 어흥 (소리가 들렸어요). 호랑이 소리예요.
> 호랑이 소리예요.

4. 스토리텔링을 한다.
- 의성어와 의태어가 많이 나오므로 소리와 행동을 표현하면서 이야기 해 준다.

5. 스토리텔링이 끝나면 학습자들에게 '무엇일까요?' 퀴즈를 낸다.

> **교사:** 자, 여러분. 이야기가 재미있었어요?
> **학습자들:** 네.
> **교사:** 이것은 무엇일까요? 잘 듣고 설명해 보세요.
> 곶감은 울고 있는 아이도 울음을 그치게 했어요. 곶감이 무엇일까요?
> **학습자들:** (다양한 대답을 할 수 있도록 유도해 본다)
> **교사:** 곶감은 껍질을 벗겨서 말린 감을 말해요.
> 곶감은 달고 맛있어요. 그래서 아이가 울음을 그쳤어요. 그것을 먹고 싶으니까요. 여러분도 곶감
> 을 먹어본 적 있어요?

6. 이야기 지도를 통해 인물들의 특징들을 학습자들과 함께 말해본다.
- 교사는 준비된 이야기 지도 표 위에 낱말카드를 제시하면서 이야기한다. 이 때 교사가 이야기한 내용을 보면서 학습
자들은 제시된 상자 속에 있는 낱말들을 오려서 이야기 순서에 따라 표 안에 붙인 후 발표할 수 있도록 유도한다.
- ① 어흥, 호랑이 ② 앙앙앙, 아이 ③ 곶감 ④ 털썩, 무서운 놈

7. 말하기 연습을 한다.
- 교사는 지름 10cm 정도의 원 그림을 두 장 준비한다. 한 장에는 빨간색, 다른 한 장에는 초록색의 색지를 붙인
다. 의성어를 말할 때는 빨간색 원을 들고, 의태어를 말할 때는 초록색 원을 든다. 처음에는 교사가 시범을
보이고 학습자들을 연습시킨다. 익숙하게 되면 게임을 통해 학습 흥미를 유발할 수 있게 한다.

> **교사:** 여기를 보세요. 두 장의 다른 색이 있는 원이 있어요. 무슨 색깔이죠?
> **학습자:** 빨간색, 초록색.
> **교사:** 맞아요. 선생님이 소리를 말할 때 빨간색 원을 들 거예요. 움직이는 모습을 말할 때는 초록색
> 원을 들 기예요.
> 어흥. (빨간색 원을 든다)
> 어슬렁어슬렁. (초록색 원을 든다)

- 의성어: 꾸르륵, 어흥, 앙앙앙, 하하하, 동물 소리들
  의태어: 펑펑, 어슬렁어슬렁, 살금살금, 뒤뚱뒤뚱, 엉금엉금

8. 게임을 한다.
- 학습자 한 명을 호명하여 앞으로 나오게 한 후 두 장의 원을 가지고 있다가 교사가 불러 주는 말을 듣고 원을 든다.

> **교사:** 누가 한 번 나와서 해 볼까요?
> 민수, 앞으로 나오세요.
> 준비 됐어요?
> **학습자1:** 네, 준비됐어요.
> **교사:** 두 장의 원을 가지고 있다가 선생님이 불러주는 것을 잘 듣고 맞게 원을 드세요. 소리를 나타내
> 는 말은 빨간색 원을 들고, 움직이는 말은 초록색 원을 들면 돼요.

9. 활동지를 함께 작성해 본다.
- 활동지를 풀어 본다.
- 꾸르륵, 야옹, 꿀꿀, 하하하, 어흥, 멍멍, 앙앙앙
- 교사는 다양한 의성어와 의태어를 추가하여 활용할 수 있다.

■ 소리를 나타내는 말을 찾아 동그라미 하세요.

꿀꿀

살금살금

꾸르륵   야옹

어슬렁어슬렁

어흥

펑펑

멍멍

하하하

앙앙앙

이야기 지도 그리기

■ 선생님이 들려주신 이야기를 생각하면서 순서대로 붙이며 다시 이야기해 보세요.

❷

❶

❸

❹

✂ ···

어흥, 호랑이	앙앙앙, 아이
곶감	털썩, 무서운 놈

활동 내용 2

■ 수업 재료

- 본문 내용을 적은 큰 종이
- 색연필, 가위, 풀

■ 학습 활동

1. 큰소리 내어 읽기

- 교사는 본문 내용을 적은 종이를 미리 준비해서 학습자들에게 읽어준다. 소리나 행동을 나타내는 말에서는 교사가 낱말을 미리 숨겨두고 학습자들이 생각해 보면서 말할 수 있도록 유도한다.
- 이 때, 낱말을 적은 종이를 따로 칠판에 제시해 두었다가 그 말이 들어가는 곳에서 학습자들이 들어갈 낱말을 직접 찾을 수 있도록 해도 좋다.

2. 상황에 맞는 표정 짓기를 한다.

- 교사는 종이를 얼굴 크기로 오려 미리 준비한다.

> **교사:** 여러분, 여기를 보세요. 선생님의 얼굴이 어때요?
> (행복하게 웃는 얼굴을 한다)
> **학습자들:** 웃어요.
> **교사:** 맞아요. 웃는 얼굴이에요. 여러분도 한 번 해 보세요.

- 우는 얼굴, 화난 얼굴, 놀란 얼굴, 배가 고픈 얼굴

3. 표정 짓기 놀이를 한다.

- 교사는 학습자들이 두 사람씩 마주 보게 한다. 하나, 둘에서는 자신의 손뼉을 치고 셋, 넷에서는 상대방의 손바닥을 친다. 구령에 맞추어서 웃는 얼굴이라고 말할 때, 하나, 둘에서는 '웃는'을 말하고, 셋, 넷에서는 '얼굴'을 말한 후 웃는 표정을 지을 수 있도록 한다.

4. 유도적 말하기를 한다.

- 교사가 본문에 나오는 문장을 몸으로 표현할 때 학습자들이 적당하게 말할 수 있도록 한다.
- 예를 들어, 배를 만지면서 배고픈 표정을 짓는다. 학습자들이 "꾸르륵, 배고파."라고 말할 수 있도록 유도한다.
- 교사가 눈이 오는 것을 몸으로 표현하면 학습자들이 "눈이 내려요, 눈이 많이 내려요. 눈이 펑펑 내려요."라고 말할 수 있도록 유도한다.

5. '곶감이다' 게임을 한다.

- 학습자들을 모두 일어서게 한 후 교실 뒤쪽으로 가도록 한다.
- 교사가 먼저 술래가 되어서 게임을 어떻게 진행하는지 제시한다.
- 예를 들어, 놀이 참여자들은 "꾸르륵 배고파라, 어흥"이라고 한다. 이 때, 술래인 교사는 학습자들과 마주 보지 않고 반대 방향을 본다. 학습자들은 술래(교사)가 서 있는 쪽을 향해 움직일 수 있다. 다시 학습자들이 "앙앙앙, 앙앙앙."이라고 한다. 교사는 학습자들을 보면서 말한다. "저기 문 밖에 호랑이가 왔다."라고 말하면 학습자들은 그대로 서 있는다. 그러나 술래가 "곶감이다."라고 말할 때는 모두가 도망가서 자기 자리로 가서 앉는

다. 이 때 술래는 자리를 찾지 못하는 학습자 한 명을 잡아 술래를 만들 수 있다. 한편, 모두가 술래가 허술한 틈을 타서 술래가 서 있는 영역으로 들어올 수도 있다. 이렇게 되면 놀이가 다시 진행된다. 정리된 표를 보면 쉽게 이해할 수 있을 것이다.

		술래	놀이 참가자들
1	대사	·	꾸르륵, 배고파라, 어흥
	행동	뒤를 돌아보지 않는다	대사를 말하면서 움직일 수 있다.
2	대사	·	앙앙앙, 앙앙앙
	행동	놀이 참가자들을 향해 본다.	대사를 말하면서 움직일 수 없다.
3	대사	저기 문 밖에 호랑이가 왔다.	·
	행동	놀이 참가자들을 향해 말한다.	술래의 말을 듣는다. 움직일 수 없다.
4	대사	자꾸 울면 호랑이가 물어간다.	·
	행동	놀이 참가자들을 향해 말한다.	술래의 말을 듣는다. 움직일 수 없다.
5	대사	곶감이다.	·
	행동	놀이 참가자들을 향해 말한다.	도망가서 제 자리에 앉는다.

5. 활동지
- 활동지를 보면서 주어진 정보에 따라 표정을 그려 넣을 수 있도록 유도한다.

6. 책 만들기를 한다. (Secret Door Book)
- A4용지 한 장을 세로 방향으로 반으로 접어 자른다.
- 반 장은 아코디언 접기를 한다.
- 남은 반 장의 종이에 문을 그린다.
- 왼쪽 면에는 오른쪽 문 뒤에 그려질 감정에 대한 자세한 묘사를 해 보도록 한다.
- 글과 그림을 다 꾸민 후에는 문 부분을 제외한 가장자리에 풀칠하여 붙인다.

■ 줄을 따라가서 알맞은 그림을 그려보세요.

| 웃는 얼굴 | 화난 얼굴 | 놀란 얼굴 | 우는 얼굴 |

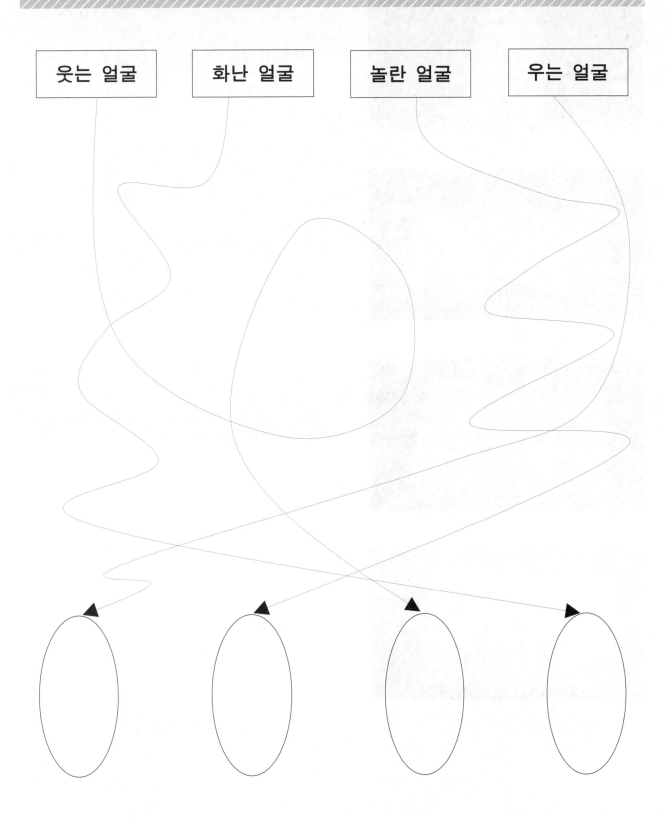

책 만들기 (Secret Door Book)

① A4용지 한 장을 세로 방향으로 반으로 접어 자른다.

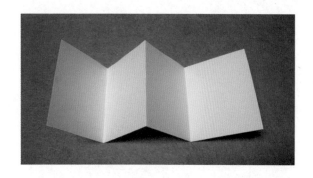

② 반 장은 아코디언 접기를 한다.

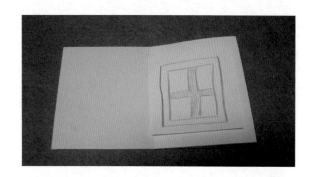

③ 남은 반 장의 종이에 문을 그린다. 왼쪽 면에는 오른쪽 문 뒤에 그려질 감정에 대한 자세한 묘사를 해 보도록 한다.

④ 글과 그림을 다 꾸민 후에는 문 부분을 제외한 가장자리에 풀칠하여 붙인다.

낱말카드

꾸르륵

어흥

앙앙

어슬렁
어슬렁

뚝

펑펑

□ 복사해서 쓰세요.

달리다

놀라다

배고프다

울다

깜짝

곶감

도움터

> 등급

1등급	옛날, 산, 속, 호랑이, 살다, 며칠, 동안, 눈, 내리다, 먹다, 못하다, 배고프다, 밤, 마을, 내려가다, 아이, 들리다, 그래서, 집, 앞, 문, 밖, 오다, 엄마, 말하다, 알다, 놀라다, 그러나, 계속, 더, 크다, 울다, 자꾸, 그래도, 그치다, 무섭다, 등, 뒤, 소
2등급	커다랗다, 울음소리, 깜짝, 곶감, 올라타다, 훔치다, 도둑, 떨어뜨리다
3등급	잡아가다, 달라붙다
4등급	

Memo

선녀와 나무꾼

옛날 옛날에 착한 🎅나무꾼이 살았어요.

어느 날 🎅나무꾼이 산에서 나무를 하고 있었어요. 갑자기 🦌사슴 한 마리가 뛰어왔어요.

"나무꾼 아저씨! 살려 주세요."

🎅나무꾼은 🦌사슴을 나무 뒤에 숨겨 주었어요.

"혹시 사슴 한 마리 못 보셨어요?" 🏹사냥꾼이 뛰어와서 나무꾼에게 물었어요.

"저기, 저쪽으로 뛰어갔어요." 나무꾼은 말했어요.

🏹사냥꾼은 멀리 뛰어갔어요.

"얘, 사슴아! 어서 나와. 사냥꾼은 갔어."

"나무꾼 아저씨, 정말 고맙습니다." 🦌사슴은 인사를 하고 이렇게 말했어요.

"아저씨, 저 산꼭대기에 연못이 있어요. 보름달이 뜨면 하늘나라 선녀들이 연못에서 목욕을 해요. 그 때 아저씨가 선녀의 날개옷을 한 벌 숨기세요. 그러면 선녀는 하늘로 올라가지 못해요. 그리고 아저씨와 결혼할 거예요."

🦌사슴의 말을 들은 🎅나무꾼은 깜짝 놀랐어요.

"그런데 선녀가 아기를 셋 낳을 때까지 절대로 날개옷을 보여 주면 안 돼요."

며칠 후 보름달이 떴어요. 나무꾼은 산꼭대기로 올라갔어요.

🌀연못에서 세 명의 💇선녀들이 목욕을 하고 있었어요.

나무꾼은 🎀날개옷 한 벌을 가지고 나무 뒤에 숨었어요.

💇선녀들은 목욕을 끝내고 🎀날개옷을 입기 시작했어요.

"아! 내 날개옷이 없어졌네? 날개옷이 없으면 하늘로 올라갈 수 없는데, 어쩌지?"

밤 12시가 되고 💇선녀들은 하나씩 하늘로 올라갔어요. 혼자 남은 선녀는 너무 슬퍼서 울고 있었어요.

이 때 🎅나무꾼이 나무 뒤에서 나왔어요. 그리고 말했어요.

"선녀님! 옷을 잃어버렸군요. 추운데 우선 이 옷이라도 입으세요."

나무꾼은 선녀에게 옷을 주었어요.

그 후 🎅나무꾼과 💇선녀는 결혼해서 두 아이를 낳았어요.

하지만 선녀는 하늘에 있는 가족들이 보고 싶었어요.

나무꾼은 선녀가 불쌍했어요. 그래서 선녀에게 🎀날개옷을 주었어요.

선녀는 기뻤어요. 그리고 🎀날개옷을 입고 두 아이와 함께 하늘로 올라갔어요.

나무꾼은 슬퍼서 엉엉 울었어요.

하지만 💇선녀와 두 아이들은 🎅나무꾼에게로 돌아오지 않았어요.

제목		선녀와 나무꾼		
학급 형태	나이	5~10세		
	수준	초급(듣기: 초급/ 말하기: 초급/ 읽기: 초급/ 쓰기: 초급)		
	학생 수	20명	시간	40~50분
어휘		사슴, 선녀, 날개옷, 마리, 벌, 명, 슬프다, 숨다, 뛰어오다, 목욕하다, 입다, 살다		
표현		세 명의 선녀들이 목욕을 하고 있었어요.		
목표		이야기의 내용을 듣고 이해할 수 있다. 수를 셀 수 있다. 단위명사를 말할 수 있다. 진행형으로 말할 수 있다.		

과정		학습 활동
수업 단계	1. 제시하기 → 배경지식 쌓기	1. '한 꼬마, 두 꼬마, 세 꼬마 인디언' 노래를 부른다. (활동 내용 참조) 2. 낱말을 제시한다. (활동 내용 참조)
	2. 연습하기 → 스토리텔링과 이야기 지도 그리기	1. 스토리텔링을 한다. → 교사는 등장인물을 그려서 이야기해 준다. (활동 내용 참조) 2. 이야기에 나오는 내용을 질문해 본다. → 퀴즈: O, X 퀴즈 (활동 내용 참조) 3. 이야기 지도를 그리고 말하기를 한다. → 이야기 지도를 통해 학생들 스스로가 이야기를 말할 수 있다. (활동 내용 참조) 4. 통제적 말하기 → 게임: 상자를 옆 사람에게 건네주기 (활동 내용 참조) 5. 유도적 말하기 → 게임: 카드를 숨기고 찾아오기 (활동 내용 참조) 6. 큰 소리 내어 읽기를 한다. → 손뼉 치며 읽기 (활동 내용 참조) 7. 모둠별 게임을 한다. → 게임: 무엇을 하고 있어요? (활동 내용 참조) → 놀이: 둥글게 둥글게 (활동 내용 참조)
	3. 활용하기 → 책 만들기	1. 학습자 스스로가 책 만들기를 한다. → 책 만들기 (활동 내용 참조) 2. 학습자들이 활동지를 풀어 본다. → (활동 내용 참조)

활동 내용 1

■ **수업 재료**

- 낱말카드 (낱말카드 쪽 참조)
- 그림카드 (사슴, 옷, 나무, 사람, 자동차, 신발이나 양말)
- 숫자카드 (1~10)
- 큰 상자 1개
- 풀, 가위

■ **학습 활동**

1. '한 꼬마, 두 꼬마, 세 꼬마 인디언' 노래를 불러 본다.

> ♫ 한 꼬마, 두 꼬마, 세 꼬마 인디언.
> 네 꼬마, 다섯 꼬마, 여섯 꼬마 인디언.
> 일곱 꼬마, 여덟 꼬마, 아홉 꼬마 인디언.
> 열 꼬마 인디언 소년.

2. 사슴 그림카드를 한 마리에서 열 마리까지 각각 그린 그림을 준비한다.

> **교사:** 무슨 동물이에요?
> **학습자:** 사슴이에요.
> **교사:** 맞아요. 모두 몇 마리 있어요? 손가락으로 표시해 보세요.
> **학습자:** (손가락 여덟 개를 보인다.)
> **교사:** 그렇군요. 그럼, 선생님과 함께 세어 볼까요?
> **교사와 학습자들:** 하나, 둘, 셋, 넷, 다섯, 여섯, 일곱, 여덟.
> **교사:** 맞아요. 여덟이에요. (숫자카드 '8'을 함께 보인다.)
> 이제 그림을 보면서 사슴을 세어 볼까요?
> **교사와 학습자들:** 한 마리, 두 마리, 세 마리, 네 마리, 다섯 마리, 여섯 마리, 일곱 마리, 여덟 마리.
> **교사:** 사슴이 몇 마리 있어요?
> **학습자들:** 여덟 마리.
> **교사:** 잘 했어요. 무엇일까요?
> **학습자들:** 옷이에요.
> **교사:** 맞아요. 모두 몇 벌 있어요? 그림을 보면서 선생님과 함께 세어 볼까요?
> **교사와 학습자들:** 한 벌, 두 벌, 세 벌, 네 벌, 다섯 벌, 여섯 벌.
> **교사:** 옷이 몇 벌 있어요?
> **학습자들:** 여섯 벌 있어요.
> **교사:** 맞아요. (숫자카드 '6'을 함께 보인다.)
> 사슴과 같은 동물을 셀 때는 '마리'를 사용하고, 옷을 셀 때는 '벌'이라는 말을 사용해요.

- 그 외에도 사람 그림, 나무 그림, 자동차 그림, 양말이나 신발그림이 있는 그림카드를 준비해 두었다가 사용한다.
- 사람을 셀 때는 한 명, 두 명, 세 명
  나무를 셀 때는 한 그루, 두 그루, 세 그루

자동차를 셀 때는 한 대, 두 대, 세 대
양말을 셀 때는 한 켤레, 두 켤레, 세 켤레로 셀 수 있도록 유도한다.

3. 스토리텔링을 한다.
- 등장인물들을 종이에 그린 후 칠판에 제시하면서 이야기를 하면 더욱 이해하기에 좋다.

4. 스토리텔링이 끝나면 학습자들에게 O, X 퀴즈를 낸다.

> **교사**: 자, 여러분. 이야기가 재미있었어요?
> **학습자들**: 네.
> **교사**: 그럼 지금부터 O, X 퀴즈를 할 거예요. 선생님이 말하는 것을 잘 들으세요. 하나, 둘, 셋, 넷, 다섯하고 숫자를 셀 거예요. 방금 들은 이야기의 내용과 맞으면 손을 위로 들어 O를 만들고 나서 "네"라고 하고, 이야기의 내용과 다르면 두 손을 앞으로 펴서 X를 만들고 나서 "아니요"라고 말하면 돼요.
> 준비됐어요?
> **학습자들**: 네.
> **교사**: 첫 번째 문제예요. 나무꾼은 산에서 사슴을 만났어요.
> 하나, 둘, 셋, 넷, 다섯.
> **학습자들**: (O를 만들면서) 네.
> **교사**: 잘 했어요. 두 번째 문제예요.
> 나무꾼은 선녀의 신발 한 켤레를 숨겼어요. 하나, 둘, 셋, 넷, 다섯.
> **학습자들**: (X를 만들면서) 아니요.

5. 이야기 지도를 통해 인물들의 특징들을 학습자들과 함께 말해 본다.
- 교사는 준비된 이야기 지도 위에 낱말카드를 제시하면서 이야기한다. 이 때 교사가 이야기한 내용을 보면서 학습자들은 제시된 상자 속에 있는 낱말들을 오려서 이야기 순서에 따라 표 안에 붙인 후 발표할 수 있도록 유도한다.
- ① 사슴 ② 선녀 ③ 날개옷 ④ 나무꾼 ⑤ 선녀 ⑥ 두 아이

6. 말하기 연습을 한다.
- 그림카드를 모두 큰 상자 안에 넣는다. 학습자들을 큰 원형으로 앉게 한다.
- ♫ '한 꼬마, 두 꼬마, 세 꼬마 인디언' 노래를 부르다가 교사가 "멈춰"라는 말을 하면 그 때 상자를 들고 있던 학습자가 상자 속에서 카드를 꺼내 말하면 된다.
- 예를 들어,

> **학습자**1: 세 벌의 옷이 있어요.

7. 게임을 한다.
- 교사는 학습자들의 눈을 가린 다음 카드를 교실 여기저기에 숨긴다. 학습자들의 눈을 뜨게 한 후 카드를 찾아오라고 한다. 찾아온 카드를 제대로 말할 수 있는지 확인한다.

8. 활동지를 함께 작성해 본다.
- 나무:그루, 사람:명, 옷:벌, 가방:개, 자동차:대, 동물:마리

■ 알맞은 짝을 찾아 붙여 보세요.

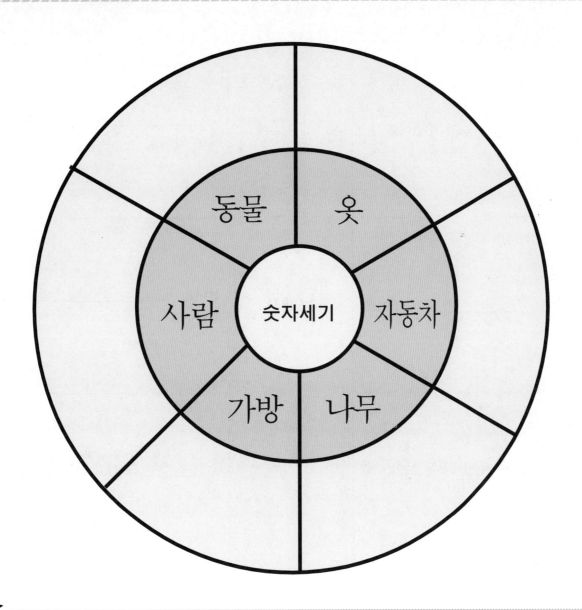

✂ ......

그루	명	벌
개	대	마리

이야기 지도 그리기

■ 선생님이 들려주신 이야기를 생각하면서 알맞은 낱말을 붙여 보세요.

① _____을 숨겨 주었어요.		② _____의 날개옷 이야기를 해 주었어요.
선녀의 ③ _____을 숨겼어요.	그래서	선녀는 ④ _____의 아내가 되었어요.
⑤ _____에게 날개옷을 보여 주었어요.		⑥ _____를 안고 하늘로 올라갔어요.

✂ ┄┄┄┄┄┄┄┄┄┄┄┄┄┄┄┄┄┄┄┄┄┄┄┄┄┄┄┄┄┄┄┄┄┄┄┄┄

선녀	두 아이	나무꾼
날개옷	사슴	선녀

활동 내용 2

■ 수업 재료

- 본문 내용을 적은 큰 종이
- 그림카드 (동작을 나타내는 그림이나 사진)
- 색연필, 가위, 풀

■ 학습 활동

1. 큰 소리 내어 읽기
- 교사는 본문 내용을 적은 종이를 미리 준비해서 학습자들에게 읽어준다. 숫자가 나오는 곳에서는 학습자들이 수만큼 손뼉을 치도록 유도한다.
- 예를 들어, '사슴 한 마리, 날개옷을 한 벌, 아기를 셋 낳을 때까지, 한 사람씩, 두 아이' 등이 나오면 학습자는 숫자에 맞게 손뼉을 친다.

2. 교사의 동작을 보고 유추해서 말할 수 있도록 유도한다.

> 교사: 여러분, 여기를 보세요. 선생님이 무엇을 하고 있어요?
> (달리기를 하고 있는 표현을 한다.)
> 학습자들: 달리기해요.
> 교사: 맞아요. 달리기를 하고 있어요.
> 그럼, 지금은 무엇을 하고 있어요?
> (춤을 추고 있는 표현을 한다.)
> 학습자들: 춤을 춰요.
> 교사: 네, 맞아요. 춤을 추고 있어요.

3. 다양한 동작을 나타내는 그림카드나 사진을 가지고 말해 본다.

> 교사: 무엇을 하고 있어요?
> 학습자들: 음식을 먹어요.
> 교사: 맞아요. 음식을 먹고 있어요.
> 학습자들: 음식을 먹고 있어요.

- 노래를 하고 있어요, 그림을 그리고 있어요, 책을 읽고 있어요, 텔레비전을 보고 있어요, 음악을 듣고 있어요, 목욕을 하고 있어요, 옷을 입고 있어요.

4. 유도적 말하기를 한다.
- 교사가 학습자들 중 한 사람을 불러서 앞으로 나오게 한 후 무엇을 하고 있는지를 질문한다.

> 교사: 민수, 무엇을 하고 있어요?
> 학습자1: 나는 책을 읽고 있어요.

- 반복해서 다른 학습자들도 행동하면서 말할 수 있도록 유도한다.

5. '무엇을 하고 있어요?' 게임을 한다.

- 교사는 학습자들 중에서 5명 정도를 앞으로 나오게 해서 각자가 표현하고 싶은 것을 다섯을 세는 동안 하도록 한다. 자리에 앉아 있는 나머지 학습자들은 재빨리 다섯 명의 행동을 기억한 다음 말하게 한다.
- 예를 들어, "지수는 책을 읽고 있어요, 민지는 노래를 하고 있어요, 지현이는 그림을 그리고 있어요, 창수는 음식을 먹고 있어요, 수진이는 목욕을 하고 있어요."라고 말할 수 있다.

6. '둥글게 둥글게'놀이를 한다.

- 학습자들을 모두 일어서게 한 후 큰 원형을 만들게 한다. 술래를 한 사람 정해서 원 안에 서게 한다. 술래는 두 손을 맞잡아 가슴 앞으로 쭉 뻗어 들게 한다. 술래는 원과 반대 방향으로 돈다. 노래가 끝날 때 술래가 가리키는 학습자는 행동을 하고 나머지 학습자들은 무엇을 하고 있는지를 말한다.
- ♫ 둥글게 둥글게, 둥글게 둥글게
  빙글빙글 돌아가며 춤을 춥시다.
- 예를 들어, 나현이가 술래라면 나현이는 노래가 끝날 때 예나를 가리켰다. 예나가 음식을 먹는 표현을 한다면 다른 학습자들 모두 "예나는 음식을 먹고 있어요."라고 말하게 된다.

7. 활동지

- 활동지를 보면서 주어진 정보에 따라 알맞은 말을 찾아 붙여 볼 수 있도록 한다.

8. 책 만들기를 한다. (동서남북 종이접기)

- 종이의 굵은 선을 따라 오린다. 숫자가 위로 올라올 수 있도록 점선대로 반을 접고 다시 반을 접는다. 네 면이 정사각형이 된다.
- 종이를 편 다음 네 모서리에서 중심점을 향해 삼각 접기를 한다. 이 때 숫자가 위로 올라올 수 있도록 한다.
- 종이를 뒤집은 다음 다시 같은 방법으로 중심선을 향해 삼각 접기를 한다.
  여기서 정삼각형 8면 위에 숫자를 마음대로 쓴다.
- 양손의 엄지와 검지를 종이 밑으로 넣는다.
- 학습자 중 한 사람에게 번호와 좌우를 선택하게 한 다음 횟수를 정하도록 한다.
- 교사가 미리 번호에 맞는 낱말을 칠판에 제시해 둔다.

> 1번: 노래를 하다.
> 2번: 그림을 그리다.
> 3번: 음식을 먹다.
> 4번: 텔레비전을 보다.
> 5번: 음악을 듣다.
> 6번: 책을 읽다.
> 7번: 목욕을 하다.
> 8번: 춤을 추다.

- 유미는 노래를 하고 있어요.
- 예를 들어, 2번, 오른쪽 면, 5번이라고 할 때 학습자 모두 지시에 맞게 움직여서 자신의 번호를 찾아본다. 종이 안에 적힌 번호는 사람마다 다를 수 있다.
- 개인별로 놀이가 원활하게 진행되면 짝활동으로 유도해도 좋다.

■ 알맞은 말을 찾아 빈 칸에 붙여 보세요.

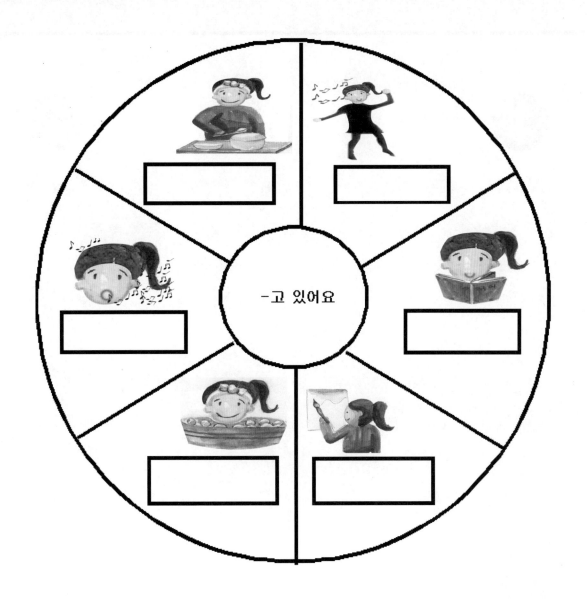

✂ ┈┈┈

그림을 그리고 있어요.	목욕을 하고 있어요.	책을 읽고 있어요.
노래를 하고 있어요.	음식을 먹고 있어요.	춤을 추고 있어요.

책 만들기(동서남북 종이접기)

✂

사슴

선녀

날개옷

마리

벌

명

□ 복사해서 쓰세요.

낱말카드

숨다	뛰어오다
목욕하다	입다
살다	슬프다

도움터

▶ 등급

1등급	옛날, 착하다, 살다, 어느, 날, 산, 나무, 갑자기, 한(1), 마리, 아저씨, 살리다, 뒤, 못(not), 보다, 묻다, 저기, 말하다, 멀리, 나오다, 가다, 정말, 고맙다, 인사, 저, 있다, 뜨다, 목욕, 날개, 벌(옷), 올라가다, 결혼하다, 말(talk), 듣다, 놀라다, 그런데, 아기, 셋, 낳다, 때(시간), 보이다, 며칠, 후, 명(사람), 갖다(가지고), 숨다, 끝내다, 입다, 시작하다, 없다, 올라가다, 밤, 하나, 혼자, 남다, 슬프다, 울다, 잃어버리다, 춥다, 우선, 옷, 주다, 아이, 가족, 불쌍하다, 기쁘다, 돌아오다
2등급	나무꾼, 사슴, 숨기다, 혹시, 사냥꾼, 뛰어가다, 꼭대기, 연못, 보름달, 하늘나라, 선녀, 깜짝, 절대
3등급	뛰어오다
4등급	

Memo

임금님 귀는 당나귀 귀

옛날 옛날에 👂 귀가 아주 큰 🤴 임금님이 살았어요.

🤴 임금님의 👂 귀는 🐴 당나귀의 귀만큼 아주 컸어요.

🤴 임금님은 큰 👂 귀가 창피해서 항상 큰 👑 왕관을 썼어요.

큰 👑 왕관으로 큰 👂 귀를 가릴 수 있었어요.

🤴 임금님의 👂 귀가 🐴 당나귀 귀 같다는 사실은 비밀이었어요.

🎩 신하는 🤴 임금님의 🐴 당나귀 귀에 대해 아무에게도 말할 수 없었어요.

하지만 신하는 너무 답답해서 병이 날 것 같았어요.

그래서 신하는 🎋 대나무 숲에 갔어요. 🎋 대나무 숲은 사람들이 잘 가지 않는 곳이었어요.

🎩 신하는 🎋 대나무 숲에 아무도 없는 것을 보고 크게 소리쳤어요.

"임금님 귀는 당나귀 귀~!"

🎩 신하는 답답할 때마다 🎋 대나무 숲에 가서 크게 소리쳤어요.

"임금님 귀는 당나귀 귀~!"

그런데 바람이 부는 날마다 🎋 대나무 숲에서 이상한 소리가 났어요.

"임금님 귀는 당나귀 귀~!"

그래서 모든 사람들이 임금님 👂 귀가 🐴 당나귀 귀라는 사실을 알게 되었어요.

🤴 임금님은 화가 나서 🎋 대나무를 모두 없애 버렸어요.

그래도 바람이 부는 날마다 🎋 대나무 숲에서 소리가 났어요.

🤴 임금님은 괴로워서 나랏일을 하지 못했어요.

어느 날, 그 말을 들은 지혜로운 🧑‍🌾 농부가 🤴 임금님을 찾아왔어요.

"임금님, 임금님의 귀가 큰 것은 부끄러운 일이 아닙니다.

귀가 크면 백성들의 소리를 잘 들을 수 있습니다.

백성들의 소리를 잘 들으면 훌륭한 임금님이 되실 수 있습니다."

농부가 말했어요.

🧑‍🌾 농부의 말을 들은 임금님은 기뻤어요.

지혜로운 🧑‍🌾 농부는 큰 🥣 상을 받았어요.

그리고 🤴 임금님은 더 이상 당나귀 👂 귀를 부끄러워하지 않았어요.

그 후로 🤴 임금님은 더욱 훌륭한 임금님이 되었어요.

제목	임금님 귀는 당나귀 귀		
학급 형태	나이	5~10세	
	수준	초급(듣기: 초급/ 말하기: 초급/ 읽기: 초급/ 쓰기: 초급)	
	학생 수	20명	시간	40~50분
어휘	임금님, 신하, 당나귀, 비밀, 아주, 크다, 만큼, 답답하다, 부끄럽다, 창피하다, 괴롭다, 화가 나다.		
표현	임금님의 귀는 당나귀의 귀만큼 아주 컸어요.		
목표	이야기의 내용을 듣고 이해할 수 있다. 비유적 표현을 익힐 수 있다. 명사구를 확장시킬 수 있다. 오감각을 배운다.		
과정	학습 활동		
수업 단계	1. 제시하기 → 배경지식 쌓기	1. '코코코'게임을 한다. 2. 얼굴의 각 기관의 역할에 대해 질문해 본다. 3. 그림카드와 해당 정보 그림을 함께 맞추어 보는 게임을 한다.	
	2. 연습하기 → 스토리텔링과 이야기 지도 그리기	1. 스토리텔링을 한다. → 교사는 낱말카드를 사용하면서 이야기한다. (활동 내용 참조) 2. 이야기에 나오는 내용을 질문해 본다. → 게임: O, X 퀴즈 (활동 내용 참조) 3. 이야기 지도를 그리고 말하기를 한다. → 이야기 지도를 통해 학생들 스스로가 이야기를 말할 수 있다. (활동 내용 참조) 4. 통제적 말하기 → 게임: 자리 바꾸기 게임 (활동 내용 참조) 5. 유도적 말하기 → 게임: 빠른 속도로 대답하기 (활동 내용 참조) 5. 큰소리 내어 읽기를 한다. → 듣고 몸으로 표현해 본다. (활동 내용 참조) 6. 모둠별 게임을 한다. → 게임: 귓속말로 전달하기 (활동 내용 참조)	
	3. 활용하기 → 책 만들기	1. 학습자 스스로가 책 만들기를 한다. → 책 만들기 (활동 내용 참조) 2. 학습자들이 활동지를 풀어 본다. → (활동 내용 참조)	

■ 수업 재료

- 낱말카드 (낱말카드 쪽 참조)
- 그림카드 (눈, 코, 입, 귀, 손)
- 연필 또는 색연필
- 풀, 가위

■ 학습 활동

1. 교사는 '코코코' 게임을 하면서 주위를 환기시킨다.

> **교사:** 여러분, '코코코' 게임 알아요?
> **학습자들:** 네.
> **교사:** 좋아요. 그럼 선생님과 함께 '코코코' 게임을 해요. 선생님이 말하는 것을 잘 듣고 손으로 짚어보세요.
> **학습자들:** 네.
> **교사:** 코코코, 눈.

- 눈, 코, 입, 귀, 손에 대한 명칭을 사용함으로써 자연스럽게 학습자들의 어휘 인지 정도를 알 수 있다. 또한 아직 노출이 되지 않았더라도 단순하면서 반복된 놀이를 통해 어휘를 소개할 수 있다.

2. 얼굴의 각 기관의 역할에 대해 질문해 본다.

> **교사:** 이것은 무엇이에요?
> **학습자들:** 눈이에요.
> **교사:** 맞아요. 눈으로 무엇을 할 수 있어요?
> **학습자들:** 볼 수 있어요.
> **교사:** 맞아요. 눈으로 볼 수 있어요. 그리고 슬플 땐 눈에서 눈물이 나요.

- 예를 들어, '코- 냄새를 맡을 수 있어요. 귀- 소리를 들을 수 있어요.; 입- 말을 할 수 있어요.; 음식을 맛 볼 수 있어요.; 손- 만질 수 있어요.' 등으로 질문해 볼 수 있다.

3. 그림카드와 해당 정보 그림을 함께 맞추어 보는 게임을 한다.
- 교사는 그림카드와 해당되는 정보의 그림을 준비한다.
- 눈 (책 그림), 코 (냄새 맡는 그림), 귀 (음악을 듣는 그림), 입 (맛을 보는 그림), 손 (만지는 그림)
- 카드들을 칠판에 모두 뒤집어 놓은 다음 동시에 두 장을 열어본다. 일치하면 점수를 얻고 일치하지 않으면 다시 제자리에 카드를 갖다 놓는다.

> **교사:** 무슨 그림이에요?
> **학습자1:** 눈 그림하고 책 그림이에요.
> **교사:** 눈으로 책을 읽어요. 잘 했어요. 1점을 주겠어요.

- 일치하지 않았으면, 교사는 카드를 제자리에 갖다 놓을 것을 말한다.

4. 스토리텔링을 한다.
- 교사가 이야기를 하는 동안 학생들은 '귀'라는 말이 들릴 때마다 모두 양손을 귀에 갖다 대도록 유도한다.

5. 스토리텔링이 끝나면 학습자들에게 O, X 퀴즈를 낸다.

> **교사:** 자, 여러분. 이야기가 재미있었어요?
>
> **학습자들:** 네.
>
> **교사:** 그럼 지금부터 O, X 퀴즈를 할 거예요. 선생님이 말하는 것을 잘 들으세요. 하나, 둘, 셋, 넷, 다섯 숫자를 셀 거예요. 방금 들은 이야기의 내용과 맞으면 손을 위로 들어 O를 만들고 나서 "네"라고 하세요. 그리고 이야기의 내용과 다르면 두 손을 앞으로 펴서 X를 만들고 "아니요"라고 말하세요. 준비됐어요?
>
> **학습자들:** 네.
>
> **교사:** 첫 번째 문제예요.
> 임금님의 귀는 아주 컸어요.
> 하나, 둘, 셋, 넷, 다섯.
>
> **학습자들:** (O를 만들면서) 네.
>
> **교사:** 와! 잘 했어요.
> 두 번째 문제예요. 신하는 임금님의 귀가 토끼의 귀 같다고 말했어요. 하나, 둘, 셋, 넷, 다섯.
>
> **학습자들:** (X를 만들면서) 아니요.
>
> **교사:** 잘 했어요. 그럼 신하는 임금님의 귀가 무엇과 같다고 했어요?
>
> **학습자들:** 당나귀.
>
> **교사:** 맞아요. 신하는 임금님의 귀가 당나귀의 귀 같다고 했어요.

6. 이야기 지도를 통해 인물들의 특징들을 학습자들과 함께 말해본다.
- 교사는 준비된 이야기 지도 표 위에 낱말카드를 제시하면서 이야기한다. 이 때 교사가 이야기한 내용을 보면서 학습자들은 제시된 상자 속에 있는 낱말들을 오려서 이야기 순서에 따라 표 안에 붙인 다음 발표할 수 있도록 유도한다.
- 1번: 임금님, 2번: 신하, 3번: 농부, 4번: 비밀, 5번: 답답하다, 6번: 백성들의 소리

7. 말하기 연습을 한다.
- 교사는 눈과 책 그림, 코와 냄새 맡는 그림, 귀와 음악을 듣는 그림, 입과 맛을 보는 그림, 손과 만지는 그림을 준비한다.
- 10명의 학습자들을 교실 앞으로 불러내어서 각각 그림을 주고 앉아 있는 학습자들을 향해 앞줄에 5명, 뒷줄에 5명이 서도록 한다.
- 학습자 중 한 명을 호명해서 말할 때 그 말에 대한 카드를 들고 있는 학습자 두 사람만 자리를 바꾸도록 한다.
- 예를 들어, '코로 냄새를 맡아요' 라고 말하면 코 그림을 든 학습자와 냄새를 맡는 그림을 든 학습자만 각자의 자리에서 이동하여 서로 바꿀 수 있도록 한다.
- 교사가 먼저 시범을 보인다.

8. 활동지를 함께 작성해 본다.
- 교사가 읽어주는 글을 듣고 맞는 낱말을 아래에서 찾아 쓴 다음 그림과 다시 연결할 수 있도록 유도한다.
- 나는 눈으로 책을 읽어요.
  나는 귀로 소리를 들어요.
  나는 손으로 물건을 만져요.
  나는 코로 냄새를 맡아요.
  나는 입으로 음식을 먹어요.

☐ 복사해서 쓰세요.

활동지

■ 빈 칸에 알맞게 쓴 다음 문장에 맞는 그림을 찾아 줄을 그어 보세요.

나는 _____(으)로 책을 읽어요.　　　•　　　•　

나는 _____(으)로 소리를 들어요.　　•　　•　

나는 _____ (으)로 물건을 만져요.　•　　•　

나는 _____(으)로 냄새를 맡아요.　　　•　　•　

나는 _____(으)로 음식을 먹어요.　　　•　　•　

눈, 코, 입, 귀, 손

이야기 지도 그리기

■ 선생님이 들려주신 이야기를 생각하면서 지도를 만들어 보세요.

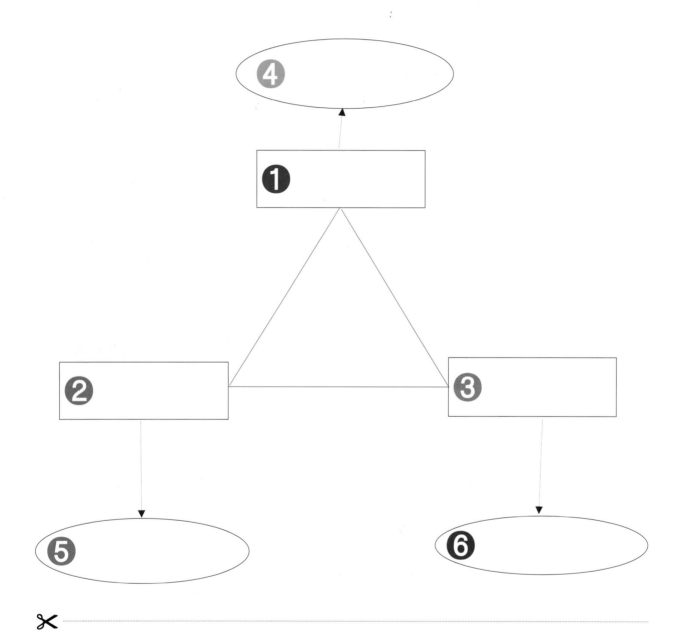

농부	비밀	임금님
신하	백성들의 소리	답답하다

활동 내용 2

■ 수업 재료

- 본문 내용을 적은 큰 종이
- 낱말카드
- 큰 주머니 2개
- 색연필, 가위, 풀

■ 학습 활동

1. 큰소리 내어 읽기
- 교사는 본문 내용을 적은 종이를 미리 준비해서 학습자들에게 읽어준다. 이 때 학습자들은 '귀' 라는 말에서는 손을 귀에 갖다 댄다.

2. 낱말카드 (눈, 코, 입, 귀, 손)를 칠판에 제시하면서 교사와 함께 학습자들이 읽어본다. 해당 기관에 대해 특징적인 동물들이 있는지 질문해 본다.

> **교사:** 여러분, 나는 누구일까요? 나는 눈이 아주 큰 동물이지요.
> (이 때 교사는 손으로 눈이 아주 크다는 표현을 해 본다.)
> **학습자들:** 개구리, 두꺼비, 소.
> **교사:** 맞아요. 개구리가 있었군요. 그럼 우리 이렇게 말해 볼까요?
> 개구리 눈만큼 아주 큰 눈.
> **학습자들:** 개구리 눈만큼 아주 큰 눈.
> **교사:** 그럼, 이번에는 어떤 동물이 있을까요?
> 나는 누구일까요? 나는 코가 아주 긴 동물이지요.
> **학습자들:** 코끼리.
> **교사:** 그래요. 코끼리의 코가 아주 길지요.
> 코끼리 코만큼 아주 긴 코.
> **학습자들:** 코끼리 코만큼 아주 긴 코.

- 하마 입만큼 아주 큰 입, 당나귀 (토끼) 귀만큼 아주 큰 귀, 곰 발바닥만큼 아주 큰 손

3. 순서대로 낱말카드를 놓은 다음 이야기를 할 수 있도록 유도한다.
- 큰 주머니 두 개를 준비한 다음 낱말카드(12장)를 한 묶음 더 준비해서 각각의 주머니 속에 넣어둔다.
- 학습자들을 두 개의 모둠으로 나눈다.
- 교사의 시작 신호와 함께 학습자들은 주머니 속의 낱말카드를 하나씩 꺼내서 읽은 다음 이야기의 흐름에 맞게 낱말카드를 배열한다.
- 배열이 끝난 모둠에서는 이야기의 전개 과정에 맞게 모둠 인원이 모두 발표할 수 있도록 한다.

4. 유도적 말하기를 한다.
- 교사는 모둠별로 학습자들을 나눈 다음 앞으로 나오게 해서 일렬로 서게 한다.
- 교사가 제시한 것에 대해서 학생들 한 명씩 대답을 한다.

- 대답이 멈춰질 경우 다른 모둠으로 기회가 넘어간다.
- 팀 전체가 답을 할 경우 점수를 준다.
  '_____ 만큼 아주 ____ _____' 속에 들어갈 말들을 만들어 볼 수 있도록 한다.
- 예를 들어, 교사가 '아주 긴'이라고 말하면 "기린 목만큼 아주 긴 목" 또는 "타조 목만큼 아주 긴 목"이라고
  말할 수 있다. 교사는 학습자들의 다양한 대답이 나올 수 있도록 유도한다.

5. '귓속말 전달' 게임을 한다.
- 학습자들을 두 모둠으로 나눈다.
- 교사는 제일 뒷줄에 있는 학습자들에게 가서 귓속말로 문장을 전달한다.
- 교사로부터 전달받은 내용을 가지고 각자의 모둠으로 가서 앞에 앉아있는 학습자에게 귓속말로 전달한다.
  계속해서 같은 방식으로 앞에 있는 사람에게 전달한 다음 제일 앞줄에 앉은 사람에게 전달되면 그 사람은
  칠판으로 나와서 들은 내용을 그림으로 그린 다음 내용을 발표한다.
- 전달내용: 임금님 귀는 당나귀 귀 등

5. 활동지
- 학습자들이 둥근 원 안에 들어있는 낱말을 읽어볼 수 있도록 유도한 다음 알맞은 말을 만들어 볼 수 있도록
  한다.
- 당나귀 귀만큼 아주 큰 귀
  개구리 눈만큼 아주 큰 눈
  코끼리 코만큼 아주 긴 코
  하마 입만큼 아주 큰 입

6. 책 만들기를 한다. (Instant Book 〈A〉)
- A4용지 한 장을 가로 방향으로 반으로 접는다.
- 종이를 펴서 다시 세로 방향으로 반으로 접는다.
- 종이를 펴서 세로 방향으로 세운 후 아래쪽에서 중심선까지 가위로 자른다.
- 자른 면 중에서 오른쪽 면을 시작으로 접어 간다.

■ 낱말을 읽고 알맞은 문장을 만들어 보세요.

만큼

귀

큰   아주

귀   당나귀

_____

아주

눈

눈

큰

만큼

개구리

_____

코끼리

아주

긴   만큼

코

코

_____

입

만큼

큰   하마

입

아주

_____

책 만들기(Instant Book <A>)

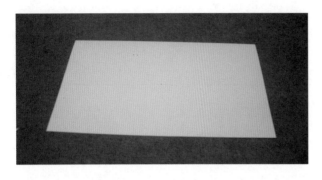

① A4용지 한 장을 가로 방향으로 반으로 접는다.

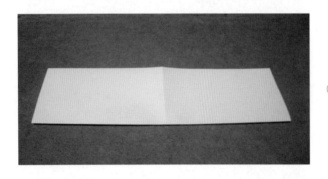

② 종이를 펴서 다시 세로 방향으로 반으로 접는다.

③ 종이를 펴서 세로 방향으로 세운 후 아래쪽에서 중심선까지 가위로 자른다.

③ 자른 면 중에서 오른쪽 면을 시작으로 접어 간다.

✂ ....

임금님

당나귀

신하

비밀

아주

크다

☐ 복사해서 쓰세요.

만큼

답답하다

부끄럽다

창피하다

괴롭다

화가 나다

도움터

> 등급

1등급	옛날, 귀, 아주, 크다, 살다, 만큼, 그래서, 항상, (모자를)쓰다, 가리다, 비밀, 알다, 말하다, 없다, 너무, 병(ill), (병이)나다, 숲, 가다, 사람, 그런데, 바람, 불다, 날, 이상하다, 소리, 모든, 화나다, 모두, 나라, 일, 찾아오다, 부끄럽다, 아니다, 듣다, 훌륭하다, 되다, 농부, 기쁘다
2등급	임금님, 당나귀, 창피하다, 신하, 답답하다, 대나무, 소리치다, 없애다, 괴롭다
3등급	왕관
4등급	

Memo

06

개와 고양이

옛날 옛날에 할아버지하고 할머니가 살았어요.

할아버지하고 할머니는 개와 고양이를 키우고 있었어요.

할아버지와 할머니는 물고기를 잡으며 살았어요. 할아버지가 아주 큰 물고기를 잡았어요.

그런데 그 물고기가 눈물을 흘리고 있었어요.

"할아버지, 살려 주세요."

할아버지는 물고기가 불쌍해서 살려줬어요.

다음 날, 할아버지가 물고기를 잡으러 바닷가에 갔어요. 그런데 한 소년을 만났어요.

"할아버지, 감사합니다. 저는 어제 할아버지께서 살려주신 물고기예요.

저는 용왕님의 아들이에요. 이 구슬을 선물로 드릴게요."

할아버지는 구슬을 가지고 집에 돌아왔어요. 그 구슬은 아주 비싼 것이었어요.

할아버지하고 할머니는 구슬을 보며 기뻤어요.

강 건너 마을에 사는 할머니가 그 구슬을 보고 욕심이 났어요.

그래서 구슬을 훔쳤어요. 할아버지와 할머니는 슬펐어요.

"우리가 구슬을 찾아오자." 개와 고양이가 말했어요.

개와 고양이는 강 건너 마을에 가서 구슬을 찾았어요.

집에 돌아오는 길이었어요.

강에서 개는 헤엄을 쳤어요. 고양이는 개의 등에 업혔어요. 그리고 입에 구슬을 물었어요.

개는 고양이가 구슬을 잘 가지고 있는지 궁금했어요.

"구슬 잘 가지고 있지?" 개가 물어봤어요. 하지만 고양이는 대답을 할 수 없었어요.

"구슬 잘 가지고 있지?" 개가 다시 물어봤어요.

"그래! 잘 가지고 있어!" 고양이가 화를 내며 대답했어요.

구슬이 입에서 떨어졌어요.

"너 때문이야!", "아니야, 너 때문이야!"

구슬을 잃어버린 개와 고양이가 싸웠어요. 개는 집으로 갔어요.

고양이는 배가 고파서 강에서 물고기를 잡았어요.

그런데 고양이가 강에서 구슬을 찾았어요.

고양이가 구슬을 가지고 집에 돌아왔어요. 할아버지와 할머니는 기뻤어요.

그래서 할아버지와 할머니는 고양이를 예뻐하고 개를 미워했어요. 개와 고양이는 사이가 안 좋아졌어요.

지금도 개와 고양이는 사이가 안 좋아요.

수업계획안

제목		개와 고양이		
학급 형태	나이	5~10세		
	수준	초급 (듣기: 초급/ 말하기: 초급/ 읽기: 초급/ 쓰기: 초급)		
	학생 수	20명	시간	40~50분
어휘	할아버지, 할머니, 용왕님, 개, 고양이, 물고기, 강, 잡다, 싸우다, 미워하다, 예뻐하다, 키우다			
표현	할아버지하고 할머니는 개와 고양이를 키우고 있었어요.			
목표	이야기의 내용을 듣고 이해할 수 있다. 가축이름(어미와 새끼)을 말할 수 있다. 연결조사를 사용할 수 있다.			
과정		학습 활동		
수업 단계	1. 제시하기 ➡ 배경지식 쌓기	1. 스무고개 놀이를 한다. (활동 내용 참조) 2. 그림카드를 제시한다. (활동 내용 참조)		
	2. 연습하기 ➡ 스토리텔링과 이야기 지도 그리기	1. 스토리텔링을 한다. ➡ 교사는 등장인물을 그려서 이야기해 준다. (활동 내용 참조) 2. 이야기에 나오는 내용을 질문해 본다. ➡ 퀴즈: O, X 퀴즈 (활동 내용 참조) 3. 이야기 지도를 그리고 말하기를 한다. ➡ 이야기 지도를 통해 학생들 스스로가 이야기를 말할 수 있다. (활동 내용 참조) 4. 통제적 말하기 ➡ 게임: 짝과 함께 손뼉 치며 말하기 (활동 내용 참조) 5. 유도적 말하기 ➡ 게임: 콩주머니 전달하기 (활동 내용 참조) 6. 큰소리 내어 읽기를 한다. ➡ 손뼉 치며 읽기 (활동 내용 참조) 7. 모둠별 게임을 한다. ➡ 게임: 의자에 앉기 게임 (활동 내용 참조) ➡ 놀이: 낱말이 되어보자 (활동 내용 참조)		
	3. 활용하기 ➡ 책 만들기	1. 학습자 스스로가 책 만들기를 한다. ➡ 책 만들기 (활동 내용 참조) 2. 학습자들이 활동지를 풀어본다 ➡ (활동 내용 참조)		

■ 수업 재료

- 그림카드
- 낱말카드 (낱말카드 쪽 참조)
- 풀, 가위

■ 학습 활동

1. 스무고개 게임을 한다.

> **교사:** 나는 누구일까요?
> 나는 동물입니다. 나는 사람들을 좋아하고 똑똑합니다.
> 나는 냄새를 잘 맡습니다. 나는 '멍멍멍'합니다.
> 나는 누구일까요?
> **학습자들:** 개.
> **교사:** 맞아요. 나는 개입니다.
> 다시 문제를 낼 거예요. 잘 들어보세요.
> 나는 누구일까요?
> 나는 동물입니다. 나는 어두운 곳에서도 잘 볼 수 있습니다.
> 나는 생선을 좋아합니다.
> 쥐들은 나를 무서워합니다.
> 나는 누구일까요?
> **학습자들:** 고양이.
> **교사:** 맞아요. 나는 고양이입니다.

2. 그림카드를 빠른 속도로 보여준다.
- 교사는 개, 소, 닭, 말, 개구리의 그림카드를 각각 준비한다.
- 교사는 그림카드들을 한 손에 쥐고 한꺼번에 부채를 펴듯이 폈다가 아주 빠른 속도로 다시 포갠다.
- 학습자들에게 방금 본 그림의 동물들을 말해 볼 수 있도록 유도한다.

> **교사:** 여러분, 방금 어떤 동물들을 봤는지 말해 보세요.
> **학습자들:** 개, 소, 오리, 돼지, 개구리.
> **교사:** 개, 소, 개구리는 맞아요. 다른 두 개를 더 말해 보세요.
> **학습자들:** 닭.
> **교사:** 이 동물은 달리기를 아주 잘 해요. 굉장히 빨리 달리지요.
> 사람들이 타고 다니지요.
> **학습자들:** 말.
> **교사:** 맞아요. 그럼 다시 어떤 동물들을 봤는지 말해 보세요.
> **학습자들:** 개, 소, 닭, 말, 개구리.
> **교사:** 맞아요.

3. 어미 동물과 새끼 동물의 이름을 말할 수 있도록 한다.

> **교사:** 이 동물은 무엇이에요?

> **학습자들**: 말.
> **교사**: 말의 새끼를 망아지라고 불러요.
>   여러분, 다 같이 따라 말해 볼까요?
> **학습자들**: 망아지.
> **교사**: 이 동물은 무엇이에요?
> **학습자들**: 소.
> **교사**: 소의 새끼를 송아지라고 불러요.
>   여러분, 다 같이 따라해 볼까요?
> **학습자들**: 송아지.
>   • 다른 그림카드도 함께 말해 본다.
>   개: 강아지; 닭: 병아리; 개구리: 올챙이
>   • 손뼉을 치면서 단어를 익힌다.
> **교사**: 칠판에 있는 그림카드를 읽어 보겠어요. 우리 모두 손뼉을 치면서 읽어 볼까요? 선생님을 따라해
>   보세요.
>   개, 강아지, 짝, 짝. (손뼉을 친다)
> **학습자들**: 개, 강아지, 짝, 짝.
> **교사**: 소, 송아지, 짝, 짝.
> **학습자들**: 소, 송아지, 짝, 짝.

3. 스토리텔링을 한다.
- 등장인물들을 종이에 그린 다음 칠판에 제시하면서 이야기를 하면 더욱 이해하기에 좋다.

4. 스토리텔링이 끝나면 학습자들에게 O, X 퀴즈를 낸다.

> **교사**: 첫 번째 문제예요.
>   할아버지는 용왕님의 아들에게 구슬을 선물로 받았어요.
>   하나, 둘, 셋, 넷, 다섯.
> **학습자들**: (O를 만들면서) 네.
> **교사**: 잘 했어요. 두 번째 문제예요.
>   강 건너 마을에 사는 할아버지가 구슬을 훔쳐 갔어요.
>   하나, 둘, 셋, 넷, 다섯.
> **학습자들**: (X를 만들면서) 아니요.

5. 이야기 지도를 통해 이야기의 내용을 다시 한 번 확인하고 말할 수 있도록 한다.
- 교사가 읽어주면서 학습자들의 반응을 살핀다.
- 낱말들을 보면서 이야기와 맞는 단어가 있는 길로 간다.

6. 말하기 연습을 한다.
- 짝 활동을 한다. 학습자들을 짝끼리 마주 보고 서게 한다.
- 활동 방법은 자신의 손뼉을 친 다음 상대방 손뼉을 치면서 어미 동물과 새끼 동물의 이름을 말할 수 있도록 한다.
- 가위, 바위, 보로 순서를 정해서 이긴 사람이 먼저 어미 동물을 말하면 상대방은 그 동물의 새끼 동물 이름을 말한다.

7. 활동지를 함께 작성해 본다.
- 어미 동물과 새끼 동물을 각각 찾아 줄을 긋고 새끼 동물들의 이름을 써 보게 한다.
- 송아지, 올챙이, 병아리, 강아지, 망아지

■ 어미 동물과 새끼 동물들을 찾아 줄을 긋고 새끼 동물들의 이름을 써 보세요.

강아지, 병아리, 올챙이, 송아지, 망아지

이야기 지도 그리기

■ 선생님이 들려주신 이야기를 생각하면서 이야기와 맞는 낱말이 있는 길로 가 봅시다.

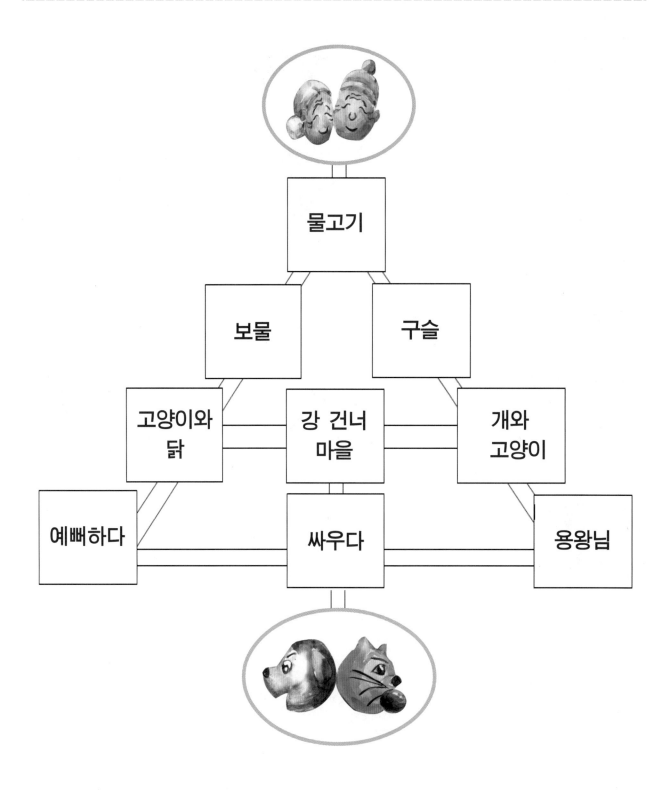

활동 내용 2

■ 수업 재료

- 본문 내용을 적은 큰 종이
- 콩주머니
- 색연필, 가위, 풀

■ 학습 활동

1. 큰소리 내어 읽기

- 교사는 미리 낱말카드를 교실 벽면 곳곳에 붙여둔다. 학습자들과 함께 낱말들을 읽어본다.
- 교사는 본문 내용을 적은 종이를 미리 준비해서 학습자들에게 읽어준다.
- 학습자들은 교사가 읽어주는 내용을 들으면서 교실 벽면에 붙은 낱말들이 나올 때는 그쪽을 향해 손짓을 할 수 있도록 유도한다.

2. 교사는 학습자들에게 집에서 어떤 동물들을 키우고 싶은지 질문해 본다.

> **교사:** (본문 그림을 보여 주면서)
> 여러분, 여기를 보세요. 누구세요?
> **학습자들:** 할아버지, 할머니.
> **교사:** 맞아요. 할아버지하고 할머니에요.
> 어떤 동물들을 키우고 있어요?
> **학습자들:** 개, 고양이.
> **교사:** 네, 맞아요. 개와 고양이를 키우고 있어요.
> 다 함께 따라해 볼까요?
> 할아버지하고 할머니는 개와 고양이를 키우고 있어요.
> **학습자들:** 할아버지하고 할머니는 개와 고양이를 키우고 있어요.
> **교사:** 그럼, 이제부터 상상 놀이를 할 거예요.
> 여러분의 집에서 어떤 동물들이 있다고 상상해 보는 거예요.
> 두 마리를 골라보세요.
> 민수는 어떤 동물이 있어요?
> **학습자1:** 개와 말이 있어요.
> **교사:** 좋아요. 민수는 개와 말을 키우고 있어요.

3. 유도적 말하기를 한다.

- 콩주머니 전달하기 놀이를 한다.
- 학습자들을 5개 모둠으로 나눈다.
- 콩주머니를 5개 준비해서 옆 사람에게 전달하면서 말해볼 수 있게 한다.
- 콩주머니 대신에 작은 공을 사용할 수 있다.

> **교사:** 콩주머니예요. 옆 사람에게 전달할 거예요.
> 콩 주머니를 전달하면서 "나는 OOO와 OOO를 키우고 있어요." 라고 말하는 거예요.

자, 할 수 있겠어요?
학습자들: 네.
교사: 좋아요. 이제 콩 주머니를 각 모둠의 조장들에게 줄 거예요.
　　　조장들은 앞으로 나오세요.

4. '의자에 앉기' 게임을 한다.
- 학습자들에게 어미동물과 새끼동물이 적힌 낱말카드(15x10)를 한 장씩 나누어 준다.
- 각 학습자들이 가지고 있는 낱말카드를 읽어볼 수 있게 한다.
- 학습자들을 모두 의자에 앉게 한 다음 교사는 그 중 2개의 의자를 뺀다.
- 학습자들이 의자 둘레로 돌다가 교사가 "앉아"라는 말을 하면 모두 의자에 앉는다. 두 사람이 의자에 앉지 못하면 그 사람이 가지고 있는 카드를 중앙으로 가지고 와서 선다.
- 나머지 학습자들은 "OO하고 OO는 OO와 OO를 키우고 있어요." 라고 말한다.

5. '낱말이 되어보자' 놀이를 한다.
- 12명이 한 모둠이 되도록 한다.
- 낱말카드를 학습자들 모두에게 나누어 준다.
- 교사가 부르는 낱말을 듣고 각 모둠에서 학습자들이 카드를 들고 앞으로 나와서 교사가 부르는 대로 선 다음 문장을 만들도록 한다.

교사: 여러분, 모두 낱말카드를 한 장씩 받았어요?
학습자들: 네.
교사: 좋아요. 이제 선생님이 말하는 것을 잘 듣고 그 낱말을 가진 사람들은 카드를 들고 앞으로 나오세요. 그리고 순서대로 서세요.
　　　할아버지, 할머니, 고양이, 예뻐하다.
학습자들: (카드를 들고 앞으로 나와서 순서대로 선 다음 문장을 말한다.)

7. 활동지
- 활동지를 보면서 주어진 정보에 따라 알맞은 말을 찾아 볼 수 있도록 한다.

8. 책 만들기를 한다. (Instant Book〈B〉)
- A4용지 한 장을 가로 방향으로 반으로 접는다.
- 종이를 펴서 다시 세로 방향으로 반으로 접는다.
- 종이를 펴서 가로 방향으로 놓은 후 자른다.
- 종이 두 장을 겹쳐 놓은 후 스테이플러를 사용해서 고정시킨다.

활동지

■ 다음 그림을 보고 (와/과)를 사용해서 알맞게 말을 써 보세요.

 +  = 공 (와 / ㉮) 컵

 +  = _____ 와 /과 _____

 +  = _____ 와 /과 _____

 +  = _____ 와 /과 _____

 +  = _____ 와 /과 _____

강아지, 병아리, 고양이, 연필,
지우개, 닭, 할아버지, 할머니

① A4용지 한 장을 가로 방향으로 반으로 접는다.

② 종이를 펴서 다시 세로 방향으로 반으로 접는다. 종이를
   펴서 가로 방향으로 놓은 후 자른다.

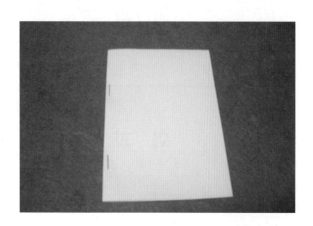

③ 종이 두 장을 겹쳐 놓은 후 스테이플러를 사용해서
   고정시킨다.

낱말카드

할아버지

할머니

개

고양이

물고기

용왕님

낱말카드

❑ 복사해서 쓰세요.

✂ ···

강	잡다
싸우다	키우다
예뻐하다	미워하다

> 등급

1등급	옛날, 할아버지, 할머니, 개, 고양이, 살다, 잡다, 아주, 크다, 그런데, 눈물, 흘리다, 살리다, 불쌍하다, 다음, 날, 가다, 소년, 만나다, 감사하다, 어제, 아들, 선물, 드리다, 가지다, 집, 돌아오다, 그(it), 보다, 그래서, 슬프다, 우리, 찾아오다, 말하다, 강, 건너다, 마을, 찾다, 길, 헤엄치다, 등, 입, 물다, 잘, 묻다, 대답하다, 다시, 화내다, 떨어지다, 너, 때문, 잃어버리다, 싸우다, 배고프다, 기쁘다, 예쁘다, 사이, 좋다, 지금, 안(not)
2등급	물고기, 바닷가, 용왕, 구슬, 욕심, 훔치다, 궁금하다, 미워하다
3등급	업히다
4등급	–

Memo

07

혹부리 영감

옛날 옛날에 마음씨 착한 ⚫할아버지가 살았어요.

⚫할아버지의 얼굴에는 참외만큼 큰 혹이 달려 있었어요.

그래서 사람들은 ⚫할아버지를 '혹부리 영감'이라고 불렀어요.

혹부리 영감은 나무를 하러 산에 올라갔어요. 나무를 하고 집으로 가는 길이었어요.

나무 밑에 ⚫⚫ 도토리가 많았어요.

"도토리를 주워가면 ⚫할멈이 좋아하겠지?"

혹부리 영감은 노래를 부르며 ⚫⚫ 도토리를 주웠어요. 저녁이 되었어요.

"벌써 저녁이 되었네. 빨리 집에 가야겠다."

혹부리 영감은 노래를 부르며 걸어갔어요. 그런데 혹부리 영감 앞에 ⚫도깨비들이 나타났어요.

"도-도깨비다!"

너무 놀란 혹부리 영감은 도망갈 수가 없었어요.

"할아버지, 잠깐만요. 할아버지는 어디에서 그런 멋진 노래가 나와요?"

대장 ⚫도깨비가 말했어요.

"대장! 할아버지의 얼굴에 뭐가 달려 있어. 노래주머니 같은데?"

옆에 있던 친구 ⚫도깨비가 말했어요.

"얘들아, 저 노래주머니를 떼어 가자."

"아니에요, 아니에요. 이것은 노래주머니가 아니에요."

마음씨 착한 혹부리 영감은 거짓말을 하지 않고 사실대로 말했어요.

하지만 ⚫도깨비들은 믿지 않았어요.

⚫도깨비들이 갑자기 ⚫방망이를 휘두르며 춤을 췄어요.

그리고 큰 ⚫보물 상자를 주고 혹을 떼어 갔어요.

마음씨 착한 혹부리 영감은 혹도 없애고 ⚫보물도 얻었어요.

이웃 마을의 마음씨 나쁜 혹부리 영감은 이 이야기를 듣고 부러웠어요.

그래서 산 속으로 달려갔어요. 그리고 크게 노래를 불렀어요.

⚫도깨비들이 나타났어요.

"할아버지, 어디에서 그런 멋진 노래가 나와요?"

"바로 이 노래주머니에서 나옵니다."

마음씨 나쁜 혹부리 영감은 거짓말을 했어요.

⚫도깨비들은 화가 났어요. 그래서 마음씨 나쁜 혹부리 영감을 ⚫방망이로 때렸어요.

그리고 혹을 하나 더 붙여 주었어요.

마음씨 나쁜 혹부리 영감은 욕심을 부리다가 벌을 받았어요.

제목		혹부리 영감		
학급 형태	나이	5~10세		
	수준	초급 (듣기: 초급/ 말하기: 초급/ 읽기: 초급/ 쓰기: 초급)		
	학습자 수	20명	시간	40~50분
어휘		도깨비, 혹부리 영감, 혹, 보물, 마음씨 착한, 마음씨 나쁜, 도토리를 줍다, 방망이를 휘두르다. 춤을 추다, 노래를 부르다, 떼다, 붙이다		
표현		할아버지는 노래를 부르며 도토리를 주웠어요.		
목표		이야기의 내용을 듣고 이해할 수 있다. 동작 지시를 할 수 있다. 구를 이루는 동작동사를 익힐 수 있다.		
과정		학습 활동		
수업 단계	1. 제시하기 → 배경지식 쌓기	1. 도깨비 그림 소개하기 (활동 내용 참조) 2. 단어 추측하기 (활동 내용 참조) 3. 호키포키 노래하기 (활동 내용 참조)		
	2. 연습하기 → 스토리텔링과 이야기 지도 그리기	1. 스토리텔링을 한다. → 교사는 등장인물을 그려서 이야기해 준다. (활동 내용 참조) 2. 이야기에 나오는 내용을 질문해 본다. → 퀴즈: O, X 퀴즈 (활동 내용 참조) 3. 이야기 지도를 그리고 말하기를 한다. → 이야기 지도를 통해 학습자들 스스로가 이야기를 말할 수 있다. 　 (활동 내용 참조) 4. 듣기 → 게임: '가라사대'; 행동전달하기 (활동 내용 참조) 5. 유도적 말하기 → 게임: 큰 주머니 전달하기 (활동 내용 참조) 6. 큰소리 내어 읽기를 한다. → 손뼉 치며 읽기 (활동 내용 참조) 7. 모둠별 게임을 한다. → 게임: 빨리 읽고 행동하며 말하기 게임 (활동 내용 참조) → 놀이: 혹 붙이기 (활동 내용 참조)		
	3. 활용하기 → 책 만들기	1. 학습자 스스로가 책 만들기를 한다. → 책 만들기 (활동 내용 참조) 2. 학습자들이 활동지를 풀어본다 → (활동 내용 참조)		

활동 내용 1

■ 수업 재료

- 낱말카드 (낱말카드 쪽 참조)
- 그림카드
- 추측게임에 사용되는 색지 (활동 내용 참조)
- 풀, 가위

■ 학습 활동

1. 도깨비 그림카드 위에 두꺼운 색지를 올려놓은 다음 색지를 천천히 움직이면서 색지 뒷면에 무슨 그림이 있는지 추측해 볼 수 있도록 한다. 학습자들에게 '도깨비' 라고 말한다.

2. 교사는 그림카드를 준비한다.
- 그림카드: 혹부리 영감, 도토리, 도깨비, 혹, 방망이
  교사는 미리 교사용 그림카드(5장) 위에 색지를 올려놓은 다음 테이프로 윗부분을 고정을 시켜둔다. 색지를 5등분 한 다음 표시선까지 자른다.

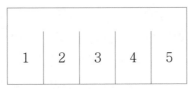

- 혹부리 영감이 어디에 있는지 번호를 불러 찾을 수 있도록 한다.

> **교사:** 여러분, 1번부터 5번 사이에 혹부리 영감의 그림이 있어요. 선생님의 말을 잘 들어보세요. 1번이라고 생각하는 사람은 모두 일어나 주세요.
> **학습자들:** (1번이라고 생각하는 사람들은 일어난다)
> **교사:** 2번이라고 생각하는 사람은 박수를 쳐 주세요.

- 3번: 손을 흔들어 주세요.
  4번: 발을 굴러 주세요.
  5번: 고개를 끄덕여 주세요.
- 이 과정에서 학습자들은 교사의 지시에 따라 말을 듣고 행동한다.

3. 다 함께 '호키포키' 노래를 부른다.
- ♫ 다 같이 오른손을 안에 넣고 오른손을 밖에 빼고
    오른손을 안에 넣고 힘껏 흔들어
    손들어 호키포키하며 빙글 돌면서 즐겁게 춤추자.
- 학습자들 모두 일어서게 한 다음 율동과 함께 노래를 부른다.

4. 스토리텔링을 한다.
- 등장인물들을 종이에 그린 다음 칠판에 제시하면서 이야기를 하면 더욱 이해하기에 좋다.

5. 스토리텔링이 끝나면 학습자들에게 O, X 퀴즈를 낸다.

> **교사:** 첫 번째 문제예요.
>
> 혹부리 영감은 산에서 호랑이를 만났어요. 하나, 둘, 셋, 넷, 다섯.
>
> **학습자들:** (X를 만들면서) 아니요.
>
> **교사:** 잘 했어요. 두 번째 문제예요.
>
> 혹이 달려 있는 할아버지를 마을 사람들은 혹부리 영감이라고 불렀어요. 하나, 둘, 셋, 넷, 다섯.
>
> **학습자들:** (O를 만들면서) 맞아요.

6. 이야기 지도를 통해 이야기의 내용을 이해할 수 있도록 유도한다.
- 벤다이어그램을 작성해 본다.
- 마음씨 착한 할아버지는 사실대로 말했다는 것과 마음씨 나쁜 할아버지는 거짓말을 했다는 것을 학습자들에게 인지시킨다. 두 사람의 공통점은 혹이 있다는 것과 노래를 잘 한다는 것, 그리고 도깨비를 만났다는 것이다.

7. 듣기 연습을 한다.
- 교사가 하는 지시를 잘 듣고 행동해 본다.
- '가라사대' 놀이를 한다.
- 먼저 교사가 "가라사대 콩을 줍는다" 라고 하면 학습자들은 콩을 줍는 듯한 표현을 하면 된다.

> **교사:** 지금부터 '가라사대' 놀이를 할 거예요.
>
> 선생님의 말 속에 "가라사대"라는 말이 나오면 잘 듣고 그대로 행동하세요. 그러나 "가라사대"라는 말없이 하는 말에서는 그대로 있어야 해요. 준비되었어요?
>
> **학습자들:** 네.
>
> **교사:** 좋아요. 그럼, 가라사대 노래를 불러라.
>
> **학습자들:** (노래를 부르는 표현을 한다.)
>
> **교사:** 자, 춤을 추어라.
>
> **학습자들:** (그대로 있는다.)

- '걸어가라, 방망이를 휘둘러라. 화를 내어라, 말해라, 창문을 열어라, 문을 닫아라, 머리를 빗어라' 등의 표현을 할 수 있도록 계속해서 놀이를 진행한다.
- 익숙해지면 학습자 중에서 한 명을 나오게 해서 지시자가 되게 한다.
- 그 학습자의 지시에 따라 행동해 본다.

8. '행동 전달하기' 게임을 한다.
- 학습자들을 네 모둠으로 나눈 다음 모둠별로 한 줄로 길게 앉게 한다.
- 교사는 각 줄에서 제일 앞에 앉은 학습자들을 교사에게로 나오게 한다.
- 교사는 귓속말로 말을 전하고, 학습자들은 그 말대로 각 모둠으로 가서 말없이 행동만 뒷사람에게 보여준다. 제일 마지막 사람까지 전달이 되면 마지막 사람은 앞으로 나와서 행동을 보인 다음 문장으로 말한다.
- 예를 들어, 방망이를 휘두르는 모습을 표현한 다음, "방망이를 휘둘러라"라고 말하는 것이다.

9. 활동지를 함께 작성해 본다.
- 그림을 보면서 교사가 말하는 것을 듣고 알맞은 번호를 적을 수 있도록 유도한다.
- 교사는 '가. 할아버지가 도토리를 주워요, 나. 노래를 불러요, 다. 화를 내요, 라. 혹이 하나 달려 있어요, 마. 산에 올라가요, 바. 방망이를 휘둘러요.' 라고 발화한다.

활동지

■ 다음 그림을 보면서 선생님이 들려주시는 것을 잘 듣고 알맞은 번호를 아래 빈칸에 써 보세요.

가.　　나.　　다.　　라.　　마.　　바.

이야기 지도 그리기

■ 선생님이 들려주신 이야기를 생각하면서 낱말을 알맞게 붙여 보세요.

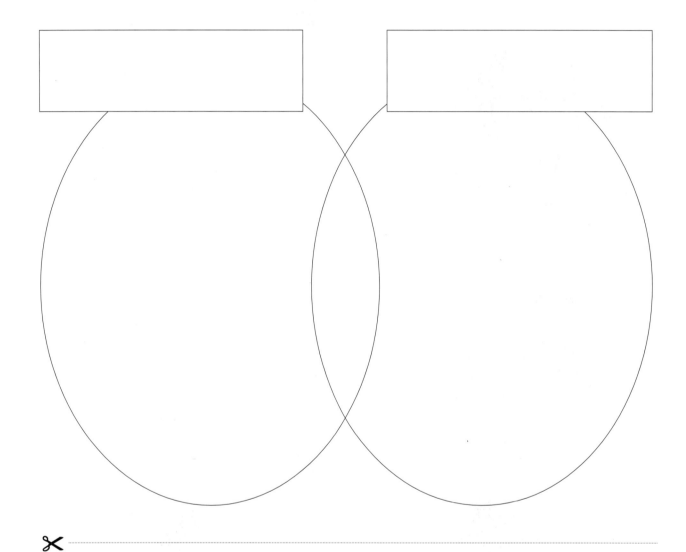

✂ ┈┈┈┈┈┈┈┈┈┈┈┈┈┈┈┈┈┈┈┈┈┈┈┈┈┈┈┈┈┈┈┈┈┈┈┈┈

마음씨 착한 할아버지	거짓말을 했어요.	혹
노래	마음씨 나쁜 할아버지	도깨비
보물상자	벌	거짓말을 안 했어요.

활동 내용 2

■ 수업 재료

- 본문 내용을 적은 큰 종이
- 큰 주머니, 낱말카드
- 혹 그림 2개
- 색연필, 가위, 풀

■ 학습 활동

1. 큰소리 내어 읽기
- 교사는 미리 낱말카드를 교실 벽면 곳곳에 붙여둔다. 학습자들과 함께 낱말들을 읽어본다.
- 교사는 본문 내용을 적은 종이를 미리 준비해서 학습자들에게 읽어준다.
- 학습자들은 교사가 읽어주는 내용을 들으면서 교실 벽면에 붙은 낱말들이 나올 때는 그쪽을 향해 손짓을 할 수 있도록 유도한다.

2. 교사의 칠판에 '_____며 _____'를 쓴다.
- 낱말카드를 보여주면서 학습자들의 반응이 있기를 유도한다.

> **교사:** (카드를 보여 주면서)
> 여러분, 여기를 보세요. 읽어 보세요.
> **학습자들:** 노래를 불러요.
> **교사:** 맞아요. 노래를 불러요.
> 다른 쪽 카드를 보세요. 읽어보세요.
> **학습자들:** 도토리를 주워요.
> **교사:** 네, 맞아요. 도토리를 주워요.
> 이제 이 카드들을 칠판에 붙여 볼게요.
> 노래를 부르며 도토리를 주워요. (카드를 '_____며 _____' 라고 판서한 곳에 제시한다.)
> **학습자들:** 노래를 부르며 도토리를 주워요.
> **교사:** (카드를 보여 주면서) 민수, 읽어 보세요.
> **학습자1:** 화를 내요.
> **교사:** 잘 했어요. 다른 쪽 카드를 보세요. 지희, 읽어보세요.
> **학습자2:** 말해요.
> **교사:** 잘 했어요. 이제 이 카드들을 칠판에 붙여 볼게요.
> 민수와 지희가 함께 읽어 보세요.
> **학습자1 과 2:** 화를 내며 말해요.

3. 유도적 읽기를 한다.
- 큰 주머니 전달하기 게임을 한다.
- 학습자들을 2개 모둠으로 나눈다.
- 큰 주머니 2개와 그 속에 낱말카드를 많이 준비한다. 주머니 속에서 카드를 한 장 꺼낸 다음 옆 사람에게

전달한다.
- 교사가 "멈춰"라고 하면 주머니를 전달하는 것을 멈추고 지금까지 나왔던 카드를 가지고 문장을 만들어 낸다.
- 반드시 '~며' 를 사용해서 읽어야 한다.
- 많은 문장을 만들어 읽는 모둠이 점수를 얻게 된다.

4. 빨리 읽고 행동하며 말하기 게임을 한다.
- 교사는 낱말카드 두 장을 아주 빠른 속도로 학습자들에게 보여 준다.
- 누구든지 빨리 읽고 기억해서 행동하며 말할 수 있도록 한다.

5. '혹 붙이기' 게임을 한다.
- 교사는 칠판에 할아버지 얼굴을 크게 두 개 그린다.
- 혹 그림 2개를 준비해 둔다.
- 학습자들을 두 모둠으로 나눈 다음 술래를 정한다.
- 각 모둠에서 술래가 된 사람은 앞으로 나와서 눈을 감고 교사가 준 혹을 할아버지 얼굴에 붙인다. 이 때 각
  모둠에 있는 사람들은 술래가 얼굴에서 멀리 떨어져 붙이게 되면 "아니에요, 아니에요." 라고 하고 적당한
  곳에 붙이게 되면 "맞아요, 맞아요." 라고 하면서 정보를 준다.

6. 활동지를 푼다.
- 주어진 문장카드를 이용하여 긴 문장을 만들도록 유도한다. 다음과 같이 만들어 볼 수 있으며 의미에 관계없
  이 긴 문장을 만들면서 학습한 문형을 연습해 본다.
- 2문장: 방망이를 휘두르며 노래를 불러요.
  노래를 부르며 춤을 춰요.
  도토리를 주우며 화를 내요.
  춤을 추며 화를 내요.
- 3문장: 걸어가며 화를 내며 방망이를 휘둘러요.
  노래를 부르며 도토리를 주우며 화를 내요.

7. 책 만들기를 한다. (Poof Book)
- A4용지 한 장을 가로 방향으로 반을 접은 다음 다시 반으로 접는다.
- 종이를 펴서 다시 세로 방향으로 반을 접는다.
- 종이를 가로 방향으로 접은 다음 가위로 접힌 부분에서 한 칸만 자른다.
- 종이를 펴서 양쪽을 쥔 다음 중심 쪽으로 접어 본다.

활동지

■ 낱말카드를 오려서 재미있는 문장 만들기 놀이를 해 보세요.

✂ ··

방망이를 휘둘러요

노래를 불러요

도토리를 주워요

춤을 춰요

화를 내요

걸어가요

책 만들기(Poof Book)

① A4용지 한 장을 가로 방향으로 반을 접은 다음 다시 반으로 접는다. 종이를 펴서 다시 세로 방향으로 반을 접는다.

② 종이를 가로 방향으로 접은 다음 가위로 접힌 부분에서 한 칸만 자른다.

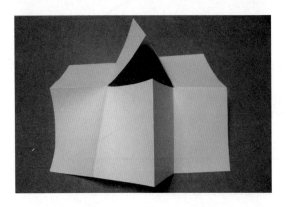

③ 종이를 펴서 양쪽을 쥔 다음 중심 쪽으로 밀어서 접어본다.

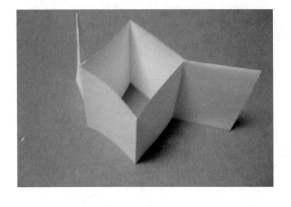

④ 책 모양이 되게 한다.

낱말카드

□ 복사해서 쓰세요.

도깨비 　　 혹부리 영감

혹 　　　　　보물

마음씨
착한

마음씨
나쁜

07_혹부리 영감　103

도토리를
줍다

방망이를
휘두르다

춤을
추다

노래를
부르다

떼다

붙이다

> 등급	

1등급	옛날, 착하다, 할아버지, 살다, 얼굴, 만큼, 크다, (열매가)달리다, 그래서, 사람, 영감, 부르다, 나무, 하다, 산, 올라가다, 집, 가다, 길, 밑, 많다, 줍다, 좋아하다, 노래, 저녁, 되다, 벌써, 빠르다, 걷다, 그런데, 앞, 나타나다, 너무, 놀라다, 없다, 어디, 나오다, 말하다, 주머니, 같다, 옆, 친구, 저(that), 떼다, 아니다, 하지만, 믿다, 갑자기, 춤, 그리고, 주다, 얻다, 듣다, 나쁘다, 부럽다, 속, 저(I/my), 드리다, 화나다, 때리다, 하나, 더, 붙이다, 욕심, 벌, (벌)받다
2등급	마음씨, 참외, 혹, 도토리, 할멈, 도깨비, 도망가다, 멋지다, 대장, 방망이, 휘두르다, 춤추다, 보물, 상자, 소문, 달려가다, 거짓말하다
3등급	-
4등급	-

Memo

소가 된 게으름뱅이

옛날 옛날에 게으름뱅이가 살았어요.

게으름뱅이는 매일 아내에게 일을 시켰어요. 그리고 방 안에서 놀기만 했어요.

아내가 게으름뱅이에게 화를 냈어요. 게으름뱅이는 화가 나서 집을 나갔어요.

게으름뱅이는 이상한 할아버지를 만났어요. 할아버지는 나무로 무엇을 만들고 계셨어요.

"할아버지, 무엇을 만들고 계세요?

"쇠머리 탈을 만들고 있어요."

"왜 만드세요?"

"놀기만 하는 사람에게 주려고요. 이것을 머리에 쓰면 아주 좋은 일이 생겨요."

할아버지는 웃으면서 말씀하셨어요.

할아버지께서 게으름뱅이에게 쇠머리 탈을 주었어요.

게으름뱅이는 쇠머리 탈을 머리에 썼어요.

갑자기 게으름뱅이의 머리에서 뿔이 났어요.

게으름뱅이는 소로 변했어요.

"이랴, 이랴!"

할아버지는 소가 된 게으름뱅이의 엉덩이를 손으로 철썩철썩 때리셨어요.

"할아버지! 살려주세요."

게으름뱅이가 소리쳤어요.

하지만 "음메, 음메" 하는 소 울음소리로 들렸어요.

할아버지는 시장으로 가서 소를 농부에게 파셨어요.

"소에게 무를 먹이지 마세요."

할아버지께서 말씀하셨어요.

농부는 소를 끌고 집으로 갔어요.

그날 이후, 소가 된 게으름뱅이는 일만 했어요.

"아아! 어쩌다 내가 소가 되었지? 너무 힘들어. 다시 사람이 되고 싶어."

게으름뱅이는 슬펐어요.

그때 게으름뱅이는 할아버지의 말씀이 생각났어요.

'소에게 무를 먹이지 마세요.'

게으름뱅이는 무밭으로 달려가 무를 많이 먹었어요.

그러자 소는 다시 사람으로 변했어요.

'이제는 열심히 일을 하며 살아야지.'

게으름뱅이는 생각했어요.

집으로 돌아온 게으름뱅이는 열심히 일을 하며 살았어요.

제목	소가 된 게으름뱅이		
학급 형태	나이	5~10세	
	수준	초급 (듣기: 초급/ 말하기: 초급/ 읽기: 초급/ 쓰기: 초급)	
	학생 수	20명	시간	40~50분
어휘	게으름뱅이, 엉덩이, 심심하다, 웃다, (머리에) 쓰다, 놀다, 만들다, 물어보다, 때리다, 끌다, 팔다, 변하다		
표현	<u>무엇을 만들고 계세요?</u> 쇠머리 탈을 만들고 있어요.		
목표	이야기의 내용을 듣고 이해할 수 있다. 신체부위를 이용한 동작동사를 말할 수 있다. 존대표현을 익힐 수 있다.		
과정	학습 활동		
수업 단계	1. 제시하기 ➡ 배경지식 쌓기	1. 교사는 학습자들과 같이 손 유희를 한다. (활동 내용 참조) 2. 동작동사를 소개한다. (활동 내용 참조)	
	2. 연습하기 ➡ 스토리텔링과 이야기 지도 그리기	1. 스토리텔링을 한다. ➡ 교사는 낱말카드를 사용하면서 이야기한다. (활동 내용 참조) 2. 학습자들이 이해했는지 확인한다. ➡ 게임: O, X 퀴즈 (활동 내용 참조) 3. 이야기 지도를 그리고 말하기를 한다. ➡ 이야기 지도를 통해 학생들 스스로가 이야기를 말할 수 있다. (활동 내용 참조) 4. 통제적 말하기 ➡ 놀이: '아리 아리 아라리요' (활동 내용 참조) 5. 유도적 말하기 ➡ 게임: 자유롭게 종이 찢기 (활동 내용 참조) ➡ 게임: 뜨거운 감자 (활동 내용 참조) 6. 전체 게임을 한다. ➡ 게임: 웃는 얼굴, 슬픈 얼굴 (활동 내용 참조)	
	3. 활용하기 ➡ 책 만들기	1. 학습자 스스로가 책 만들기를 한다. ➡ 책 만들기 (활동 내용 참조) 2. 학습자들이 활동지를 풀어 본다. ➡ (활동 내용 참조)	

■ **수업 재료**

- 낱말카드 (낱말카드 쪽 참조)
- 연필 또는 색연필
- 풀, 가위

■ **학습 활동**

1. 교사는 학습자들과 같이 손 유희를 한다.

> **교사**: 여러분, 선생님과 함께 손가락 놀이를 해 볼까요?
> (검지를 보이면서) 오른손 손가락하나, 왼손 손가락 하나로 무얼 만들까요?
> (가슴 앞쪽으로 검지를 가지고 오면서 말한다.)
> **학습자들**: 지붕, 산, 11, X.
> **교사**: 손가락 둘, 손가락 둘로 무엇을 만들까요?
> **학습자들**: 가위, Victory, 달팽이, 토끼 귀.
> **교사**: 손가락 셋, 손가락 셋으로 무얼 만들까요?
> **학습자들**: 좋아 (Okay), 안경.
> **교사**: 손가락 넷, 손가락 넷으로 무얼 만들까요?
> **학습자들**: 문어, 거미.
> **교사**: 손가락 다섯, 손가락 다섯으로 무얼 만들까요?
> **학습자들**: 새의 날개.
> **교사**: 맞아요. 손뼉도 칠 수 있어요. 손뼉 다섯 번만 쳐 볼까요?
> **학습자들**: 하나, 둘, 셋, 넷, 다섯.

2. 신체 부위를 이용한 동작동사를 소개한다.

> **교사**: (머리를 가리키며) 무엇이에요?
> **학습자들**: 머리예요.
> **교사**: 맞아요. 머리에 탈을 쓸 수 있어요. 또 무엇을 쓸 수 있을까요?
> **학습자들**: 모자.
> **교사**: 잘 했어요. 머리에 모자를 쓰고 또 탈을 쓸 수도 있어요.
> 자, 이제 두 손을 앞으로 내밀어 보세요.
> 잘 했어요. 이번에는 두 팔을 뻗어 볼까요? 이렇게.
> 어깨를 쑥 올려 보세요, 이렇게.
> 엉덩이에요. 엉덩이를 흔들어 볼까요? 이렇게.
> 오~. 이런. 이 동물이 무엇일까요?
> (말 흉내를 낸다.)
> **학습자들**: 말이에요.
> **교사**: 맞아요. 말이 빨리 달리라고 엉덩이를 철썩 철썩 때려 봐요.
> 이랴, 이랴.
> (말을 타고 가는 흉내를 낸다.)
> 여러분, 모두 일어나서 선생님을 따라 해 볼까요?
> (학습자들을 일어나게 해서 따라 해 볼 수 있도록 유도한다.)

3. 스토리텔링을 한다.
- 교사는 먼저 주요 낱말카드를 준비한다.
  이야기를 하면서 칠판에 낱말카드를 하나씩 제시한다.

4. 스토리텔링이 끝나면 학습자들에게 O, X 퀴즈를 낸다.

> **교사**: 자, 여러분. 이야기가 재미있었어요?
> **학습자들**: 네.
> **교사**: 그럼 지금부터 O, X 퀴즈를 할 거예요. 준비됐어요?
> **학습자들**: 네.
> **교사**: 첫 번째 문제예요.
> 게으름뱅이는 모자를 만드는 할아버지를 만났어요.
> 하나, 둘, 셋, 넷, 다섯.
> **학습자들**: (X를 만들면서) 아니요.
> **교사**: 와! 잘 했어요.
> 게으름뱅이는 탈을 만드는 할아버지를 만났어요. 뭐를 만든다고요?
> **학습자들**: 탈
> **교사**: 잘 했어요. 두 번째 문제예요.
> 게으름뱅이는 쇠머리 탈을 쓰자 소가 되었어요.
> 하나, 둘, 셋, 넷, 다섯.
> **학습자들**: (O를 만들면서) 네.
> **교사**: 잘 했어요. 게으름뱅이는 쇠머리 탈을 쓰자 소가 되었어요. 세 번째 문제예요.
> 게으름뱅이는 무밭에 가서 무를 먹었어요.
> 하나, 둘, 셋, 넷, 다섯.
> **학습자들**: (O를 만들면서) 네.
> **교사**: 맞아요. 게으름뱅이는 무밭에 가서 무를 먹었어요.

5. 이야기 지도를 통해 인물들의 특징들을 학습자들과 함께 말해 본다.
- 교사는 준비된 이야기 지도 위에 문장카드를 제시하면서 이야기한다.

6. 말하기 연습을 한다.
- '아리 아리 아라리요' 놀이를 한다.
- 교사는 학습자들을 일어나게 한다. 덩실 덩실 춤을 추는 시늉을 하면서 '아리 아리 아라리요' 한다. 학습자들이 리듬과 억양을 따라 흉내내게 하면서 다함께 따라할 수 있도록 유도한다.

> **교사**: 아리 아리 아라리요. 두 팔을 뻗어 봐요.
> **학습자들**: (교사를 따라 말하면서 움직인다) 두 팔을 뻗어 봐요.
> **교사**: 아리 아리 아라리요. 두 팔을 뻗어 봐요. 머리를 흔들어 봐요.
> **학습자**: 두 팔을 뻗어 봐요. 머리를 흔들어 봐요.
> **교사**: 아리 아리 아라리요. 두 팔을 뻗어 봐요. 머리를 흔들어 봐요. 어깨를 으쓱해 봐요.
> **학습자**: 두 팔을 뻗어 봐요. 머리를 흔들어 봐요. 어깨를 으쓱해 봐요.
> **교사**: 잘 했어요. 선생님을 대신해서 누가 한 번 해 볼까요?
> **학습자들**: 저요.

7. 활동지를 함께 작성해 본다.
- 신체 부위의 명칭을 배운다.

■ 알맞은 이름을 아래에서 찾아서 쓰고 말해 보세요.

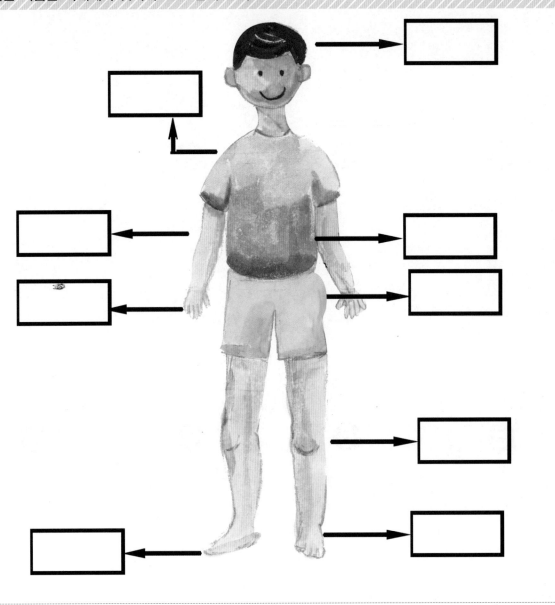

✂ ┄┄┄

어깨	손가락	무릎
발가락	엉덩이	머리
허리	발	팔

이야기 지도 그리기

■ 선생님이 들려주신 이야기를 생각하면서 순서대로 붙이며 다시 이야기해 보세요.

❶	❷	❸	❹
❺	❻	❼	❽

✂ ⋯⋯⋯

할아버지, 살려 주세요.	할아버지, 무엇을 만들고 계세요?	직접 머리에 써 보세요.	너무 힘들어, 사람이 되고 싶어.
왜 만드세요?	쇠머리 탈을 만들고 있어요.	소에게 무를 먹이지 마세요.	이제는 열심히 일을 하며 살아야지.

■ 수업 재료

- 본문 내용을 적은 큰 종이
- 문장카드
- A4용지 (학습자 수만큼)
- 수건, 주사위
- 웃는 얼굴(☺) 슬픈 얼굴(☹)
- 색연필, 가위, 풀

■ 학습 활동

1. 큰소리 내어 읽기
- 교사는 본문 내용을 적은 종이를 미리 준비해서 학습자들에게 읽어준다.
- 말 따옴표가 있는 곳에는 다른 종이를 미리 붙여 두었다가 학습자들에게 질문한 다음 종이를 떼어서 다시 확인해 본다.

2. 교사는 문장카드를 미리 만들어 둔다.
- 문장카드를 하나씩 칠판에 제시하면서 학습자들과 읽어 본다.
- 예를 들어, '할아버지, 무엇을 만들고 계세요?/ 탈을 만들고 있어요./ 왜 만드세요?/ 놀기만 하는 사람에게 주려고요.' 등의 카드를 준비한다.
- 교사는 학습자들 중 한 사람을 불러서 연습해 본다.

> **교사**: 지민, 무엇을 만들고 있어요?
> **학습자1**: 탈을 만들고 있어요.
> **교사**: 왜 만들어요?
> **학습자1**: 놀기만 하는 사람에게 주려고요.
> **교사**: 잘 했어요.
> 자, 이번에는 여러분이 선생님께 질문할 때 어떻게 말하는지 배우겠어요.
> (문장카드를 다시 한 번 다 같이 읽도록 한다.)
> 선생님, 무엇을 만들고 계세요?
> **학습자들**: 선생님, 무엇을 만들고 계세요?
> **교사**: 왜 만드세요?
> **학습자들**: 왜 만드세요?
> **교사**: 좋아요. 예은이, 선생님과 함께 연습해 볼까요?
> **학습자2**: 선생님, 무엇을 만들고 계세요?
> **교사**: 탈을 만들고 있어요.
> **학습자2**: 왜 만드세요?
> **교사**: 놀기만 하는 사람에게 주려고요.
> 예은, 참 잘 했어요.

- 교사는 대화 중에서 '탈, 놀기만 하는 사람' 대신에 다른 단어를 사용할 수 있도록 유도해 본다.

3. 유도적 말하기를 한다.

- 교사는 학습자들에게 A4용지 한 장씩을 나눠준 다음 종이를 찢어 무엇인가를 만들도록 한다.

> **교사**: 지수, 무엇을 만들고 있어요?
> **학습자3**: 인형을 만들고 있어요.
> **교사**: 왜 만들어요?
> **학습자3**: 친구에게 주려고요.

- 교사는 학습자들 사이로 다니면서 질문을 반복한다.

4. '뜨거운 감자' 게임을 한다.

- 교사는 수건과 주사위를 준비한다.
- 주사위에는 다양한 호칭의 낱말카드를 붙여 놓는다.
  예를 들어, 할아버지, 할머니, 선생님, 친구, 동생, 엄마, 아빠, 꽝
- 학습자들을 종이를 찢어 만든 것을 가지고 원형으로 앉게 한 다음 교사가 먼저 시범을 보인다.
- 수건을 뜨거운 감자로 생각하게 한 다음 재빨리 옆 사람에게 돌린다. 교사의 "멈춰" 라는 신호가 있을 때 수건을 가지고 있던 사람이 술래가 된다. 술래는 주사위를 던져 나온 면을 다른 학습자들에게 보인다.
- 이 때 학습자들은 이 술래에게 질문한다.

> **학습자들**: 엄마, 무엇을 만들고 계세요?
> **술래**: 비행기를 만들고 있어요.
> **학습자들**: 왜 만드세요?
> **술래**: 동생에게 주려고요.

5. '웃는 얼굴(☺) 슬픈 얼굴(☹)' 게임을 한다.

- 교사는 웃는 얼굴과 슬픈 얼굴이 그려진 종이를 각각 만들어 준비한다. 또 존댓말 연습을 할 수 있는 문장을 미리 다른 종이에 써 둔다.
- 교사가 읽어주는 말을 듣고 존댓말이 잘 사용되었으면 웃는 얼굴을 붙이고 잘 사용되지 않았으면 슬픈 얼굴을 붙일 수 있도록 유도한다.
- 예를 들어, "할아버지, 무엇을 만드니?" 라고 할 때 슬픈 얼굴 카드를 붙일 수 있도록 한다. 또 "할아버지께서 말씀하셨어요." 라고 하면 웃는 얼굴 카드를 붙인다.

6. 활동지

- 문장을 읽고 계란에서 적절한 낱말을 찾아 써본다.
- 계란의 조각을 모양대로 오려서 맞는 짝을 찾아본다.

7. 책 만들기를 한다. (Slit Book)

- A4용지 한 장을 가로 방향으로 반으로 접어 자른다.
- 자른 종이 2장을 다시 반으로 접는다.
- 먼저 한 장(A)을 반으로 접은 선을 따라 위 아래로 0.8cm정도 가위로 자른다.
- 다른 종이(B)는 반으로 접은 선을 따라 위 아래로 0.8cm정도 남겨 놓은 후 중앙선을 따라 가위로 아주 조금 자른다.
- (B)의 자른 틈 사이로 (A)를 살짝 집어넣는다.

활동지

■ 빈칸에 알맞은 말을 넣어 문장을 만들어 보세요. 그리고 계란을 예쁘게 오려서 맞는 짝을 찾아보세요.

♥ 학교에 선생님이 몇 _____ 계세요?	♥ 할아버지 _____이 어디예요?	♥ 부모님의 _____을 잘 들으세요.
♥ 반에 친구가 몇 _____ 있어요?	♥ 여기는 우리 _____이에요.	♥ 친구에게 고운 _____을 하세요.

✂ ....

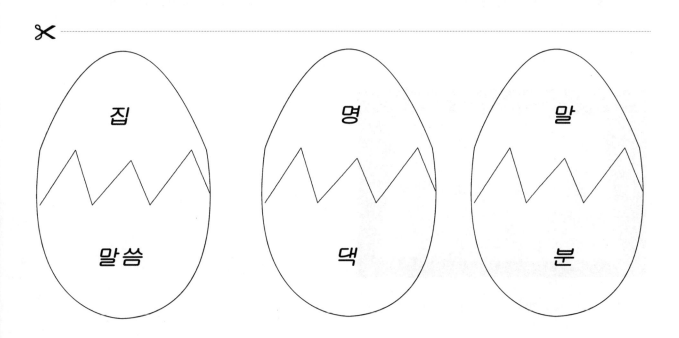

① A4용지 한 장을 가로 방향으로 반으로 접어 자른다. 자른 종이 2장을 다시 반으로 접는다. 먼저 한 장(A)을 반으로 접은 선을 따라 위 아래로 0.8cm정도 가위로 자른다.

② 다른 종이(B)는 반으로 접은 선을 따라 위 아래로 0.8cm정도 남겨 놓은 후 중앙선을 따라 가위로 아주 조금 자른다.

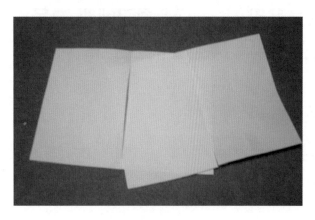

③ (B)종이 위에 (A)종이를 올린다.

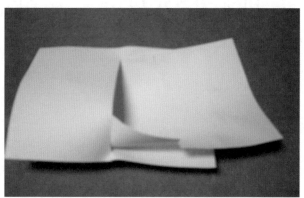

④ (B)의 자른 틈 사이로 (A)를 살짝 집어넣는다.

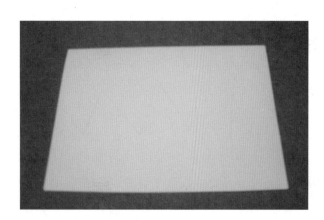

⑤ 책 모양이 되게 한다.

낱말카드

✂ ┄┄

게으름뱅이	엉덩이
심심하다	웃다
쓰다	놀다

만들다

변하다

물어보다

때리다

끌다

팔다

도움터

1등급	옛날, 살다, 매일, 아내, 일, 시키다, 그리고, 방, 안, 놀다, 화내다, 집, 나가다, 이상하다, 할아버지, 만나다, 나무, 무엇, 만들다, 계시다, 왜, 사람, 주다, 이것, 머리, (머리에)쓰다, 아주, 좋다, 생기다, 웃다, 갑자기, (뿔)나다, 변하다, 엉덩이, 손, 때리다, 살리다, 하지만, 들리다, 시장, 농부, 팔다, 소, 무, 먹다, 말씀하다, 끌다, 가다, 힘들다, 되다, 슬프다, 말씀, 생각나다, 밭, 달리다, 많이, 다시, 돌아오다, 열심히
2등급	게으름뱅이, 탈, 뿔, 소리치다, 울음소리
3등급	쇠머리
4등급	-

Memo

09 단군 이야기

옛날 옛날에 하늘나라에 임금님과 아들들이 살았어요.

어느 날 임금님이 아들들을 불러서 이야기했어요.

"얘들아, 누가 한 번 나라를 만들어 보겠니?"

"아버지, 제가 한 번 만들어 보겠습니다."

환웅이 말했어요.

환웅은 바람의 신, 비의 신, 구름의 신을 데리고 땅으로 내려왔어요.

환웅은 곡식과 과일이 잘 자라게 했어요. 그리고 사람들의 병을 고쳐주었어요.

어느 날 곰과 호랑이가 사람이 되고 싶어서 환웅을 찾아 갔어요.

"저희는 정말 사람이 되고 싶어요."

"백일동안 동굴에서 쑥과 마늘만 먹어야 한다. 그러면 사람이 될 것이다."

환웅이 말했어요.

곰과 호랑이는 기뻐했어요. 곰과 호랑이는 쑥과 마늘을 가지고 동굴로 들어갔어요.

며칠이 지났어요.

"난 못 참겠어. 나갈거야."

호랑이가 짜증을 내며 말했어요.

호랑이는 동굴을 뛰어나갔어요.

곰은 쑥과 마늘을 먹으며 잘 참았어요.

21일째 되는 날 환웅이 동굴에 찾아왔어요.

"곰아, 너는 이제 사람이 되었다."

환웅이 말했어요.

곰은 아름다운 여자가 되었어요.

환웅은 착하고 아름다운 웅녀와 결혼해서 아들을 낳았어요.

아들의 이름은 단군이었어요.

단군은 똑똑하고 용감했어요.

단군은 어른이 되어서 '고조선'이라는 나라를 만들었어요.

그리고 단군은 훌륭한 임금님이 되었어요.

고조선은 모든 사람들이 살기 좋은 나라였어요.

제목		단군 이야기		
학급 형태	나이	5~10세		
	수준	중급 (듣기: 중급/ 말하기: 중급/ 읽기: 중급/ 쓰기: 중급)		
	학생 수	20명	시간	40~50분
어휘		환웅, 웅녀, 단군, 곰, 곡식, 과일, 동굴, 쑥, 마늘, 똑똑하다, 용감하다, 훌륭하다		
표현		저희는 정말 사람이 되고 싶어요. 쑥과 마늘을 먹어야 한다. 그러면 사람이 될 것이다.		
목표		이야기의 내용을 듣고 이해할 수 있다. 이야기 속의 인물들에 대한 정보를 말할 수 있다. 장래희망을 말할 수 있다. '~고 싶다, ~아/어야 한다, ㄹ것이다'를 사용하여 말할 수 있다.		
과정		학습활동		
수업 단계	1. 제시하기 → 배경지식 쌓기	1. 학습자들에게 커서 무슨 일을 하는 사람이 되고 싶은지 질문해 본다. 2. 교사는 임의로 직업들을 제시한다. (활동 내용 참조) 3. 주요 낱말을 소개하고 익힌다. → 박자음을 가지고 읽기 (활동 내용 참조)		
	2. 연습하기 → 스토리텔링과 이야기 지도 그리기	1. 스토리텔링을 한다. → 교사는 낱말카드를 사용하면서 이야기 한다. (활동 내용 참조) 2. 이야기에 나오는 내용을 질문해 본다. → 게임: O, X 퀴즈 (활동 내용 참조) 3. 이야기 지도를 그리고 말하기를 한다. → 이야기 지도를 통해 학생들 스스로가 이야기를 말할 수 있다. 　　(활동 내용 참조) 4. 통제적 말하기 → 게임: 빙고 게임 (활동 내용 참조) 5. 유도적 말하기 → 게임: 공 주고 받기 게임 (활동 내용 참조) 5. 교사와 나누어 글 읽기를 한다. → 배역 나누어서 읽기 (활동 내용 참조) 6. 모둠별 게임을 한다. → 게임: 정보 교환해서 가져오기 (활동 내용 참조)		
	3. 활용하기 → 책 만들기	1. 학습자 스스로가 책 만들기를 한다. → 책 만들기 (활동 내용 참조) 2. 학습자들이 활동지를 풀어 본다. → (활동 내용 참조)		

활동 내용 1

■ **수업 재료**

- 낱말카드 (낱말카드 쪽 참조)
- 신문지 1/2 장
- 연필, 클립 1개

■ **학습 활동**

1. 학습자들에게 커서 무슨 일을 하는 사람이 되고 싶은지 질문해 본다.

2. 교사는 학습자들의 말을 듣고 나서 임의로 대표 직업을 제시하고 그 직업을 위해 무엇을 해야 하는지 질문한다.
- 예를 들어 가수가 되고 싶다면 무엇을 해야 하는지를 다시 질문해 보고 교사는 임의로 학습자 한 명의 의견을 제시하면서 수업을 진행시킨다.

> **교사**: 수진이는 정말 가수가 되고 싶다고 말했어요. 그러면 무엇을 해야 할까요?
> **학습자**: 노래를 잘 불러야 해요.
> **교사**: 네, 맞아요. 노래를 잘 불러야 해요. 수진이는 정말 가수가 되고 싶어요. 노래를 잘 불러야 해요. 그러면 가수가 될 수 있어요.

3. 박자음을 통해 주요 낱말을 익힐 수 있도록 한다.
- 주요 낱말을 소개하면서 '지글지글 짝짝'박자로 연습한다.
  '지글지글 짝짝'은 박수를 치는 방법 중 하나로 4박자로 진행한다.
  먼저 '지글지글'에서는 2박자를 사용해서 양손을 쥐었다 폈다 두 번 한다. '짝짝'에서는 2박자를 사용해서 박수를 두 번 친다.
- 예를 들어 곡식이라는 낱말을 제시하면서 먼저 "곡식, 곡식"이라고 말하면서 양손을 쥐었다 폈다 두 번 한다. 이어 손뼉을 두 번 친다.
- 교사는 준비된 낱말카드를 하나씩 소개하면서 박자음을 사용하여 주요 낱말들을 학습자들에게 인지시킨다.

4. 스토리텔링을 한다.
- 교사는 먼저 주요 낱말카드를 준비한다. 이야기를 하면서 칠판에 낱말카드를 하나 씩 제시한다.
- 예를 들어 '환웅은 바람의 신, 비의 신, 구름의 신을 데리고'에서 환웅이라는 낱말카드를 '환웅' 이라고 말할 때 칠판에 제시해야 한다.

5. 스토리텔링이 끝나면 학습자들에게 삐리리 퀴즈를 낸다.

> **교사**: 그럼 지금부터 삐리리 퀴즈를 할 거예요. 선생님이 문장을 읽다가 삐리리라고 말할 거예요. 여러분은 삐리리에 들어가는 낱말을 말하면 돼요. 준비됐나요?
> **학습자들**: 예.
> **교사**: 첫 번째 문제예요. 곰과 호랑이는 쑥과 삐리리를 가지고 동굴로 들어 갔어요. 하나, 둘, 셋, 넷, 다섯.
> **학습자들**: 마늘.

교사: 와! 잘 했어요. 곰과 호랑이는 쑥과 마늘을 가지고 동굴로 들어갔어요.
　　　두 번째 문제예요. 곰아, 너는 이제 사람이 되었다. 환웅이 말했어요. 곰은 아름다운 삐리리가
　　　되었어요. 하나, 둘, 셋, 넷, 다섯.
학습자들: 여자.
교사: 잘 했어요. 곰아, 너는 이제 사람이 되었다. 환웅이 말했어요. 곰은 아름다운 여자가 되었어요.
　　　세 번째 문제예요. 환웅은 착하고 아름다운 웅녀와 결혼해서 아들을 낳았어요. 아들의 이름은
　　　삐리리예요. 하나, 둘, 셋, 넷, 다섯.
학습자들: 단군.
교사: 맞아요. 환웅은 착하고 아름다운 웅녀와 결혼해서 아들을 낳았어요. 아들의 이름은 단군이에요.

6. 이야기 지도를 통해 인물들의 특징들을 학습자들과 함께 말해본다.
- 교사는 준비된 이야기 지도 표 위에 낱말카드를 제시하면서 이야기 한다. 이 때 교사가 이야기한 내용을 보면
　서 학습자들은 제시된 상자 속에 있는 낱말들을 오려서 이야기 순서에 따라 표 안에 붙인 후 발표할 수 있도
　록 유도한다.
- 환웅: 곡식과 과일, 병을 고쳐줘요, 하늘나라
　웅녀: 동굴, 아름다워요, 곰, 쑥, 마늘
　단군: 용감해요, 고조선, 똑똑해요, 훌륭해요

7. 말하기 연습을 한다.
- 교사는 신문지 1/2 장을 준비해서 돌돌 뭉쳐서 공처럼 만든다.
- 칠판에 빙고 (3X3) 판을 그린 후 몇 가지 직업을 쓴다. 학습자들 중 한 명을 호명하여 신문지 공으로 빙고판을
　향해 던지게 한다. 해당 칸의 낱말을 사용해서 학습자가 말을 할 수 있도록 유도한다.
- 빙고판의 예

한 번 더	가수	한 번 더
축구선수	☺	의사
	화가	선생님

　　→ 한 번 더: 한 번 더 신문지 공을 던진다.
　　→ 　: 다음 기회에 한다.
　　→ ☺: 학습자가 원하는 직업을 자유롭게 말한다.
- 예를 들어 다음과 같이 말할 수 있다.

화가: 나는 정말 화가가 되고 싶어요. 그림을 잘 그려야 해요.
선생님: 나는 정말 선생님이 되고 싶어요. 책을 많이 읽어야 해요.
축구선수: 나는 정말 축구선수가 되고 싶어요. 운동을 많이 해야 해요.
의사: 나는 정말 의사가 되고 싶어요. 공부를 많이 해야 해요.

- 발표자가 하는 말을 잘 듣고 있다가 앉아 있는 학습자들은 한 목소리로 "그러면 00이 될 수 있어요." 라고
　대답하게 한다.

활동지

■ 중앙에 있는 원 안에 클립을 올려놓으세요.
■ 클립 안에 연필을 세우고 클립을 손가락으로 세게 쳐 보세요.
■ 클립이 서는 곳의 낱말을 읽고 친구들과 대화해 보세요.

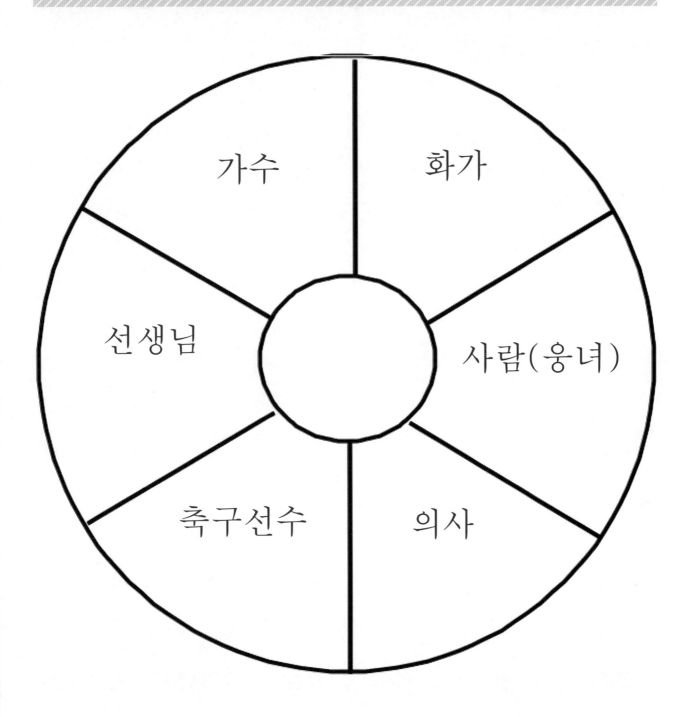

가수
화가
선생님
사람(웅녀)
축구선수
의사

이야기 지도 그리기

■ 상자 속에 있는 낱말들을 오려서 이야기 순서에 따라 네모 안에 붙이세요.

환웅	웅녀	단군

✂ ┈┈

곡식과 과일	병을 고쳐줘요	동굴	하늘나라	아름다워요	용감해요
고조선	곰	쑥	마늘	똑똑해요	훌륭해요

활동 내용 2

■ **수업 재료**

• 본문 내용을 적은 큰 종이
• 공
• A4용지, 색연필, 가위, 풀

■ **학습 활동**

1. 교사는 본문 내용을 적은 종이를 미리 준비해서 학습자들과 함께 나누어 읽기를 한다.
- 나누어 읽기 (Shared Reading) 란 교사와 학습자가 나누어 읽는 방법으로 교사는 글을 읽기 전에 먼저 각 배역 (하늘나라 임금님, 환웅, 호랑이, 곰)에 신청자들을 받는다. 교사가 글을 읽어가다가 해당 배역 대화 글에서는 그 학습자가 글을 읽을 수 있도록 유도한다.

2. 유도적 말하기를 한다.
- 교사는 칠판에 가수, 화가, 선생님, 축구선수, 의사 등 여러 직업을 쓴다. 학습자들을 일어서게 해서 원형을 만들게 한다. 교사는 미리 준비한 공을 가지고 원 안에 들어가 학습자들과 공을 주고받으면서 말할 수 있도록 설명한다.

> 교사: 만약 가수가 되고 싶다면 이렇게 말하세요.
> "나는 정말 가수가 되고 싶어요. 노래를 잘 불러야 해요" 하면서 공을 다른 사람에게 던지세요.
> 공을 받은 사람은 "그러면 가수가 될 수 있어요." 라고 대답할 수 있겠죠?
> 여러분, 공을 주고받으면서 말을 할 수 있겠어요?
> 학습자: 네.
> 교사: 좋아요. 그럼 시작해 볼까요? 나현.
> 학습자1: 나는 정말 변호사가 되고 싶어요. 공부를 많이 해야 해요.
> (학습자 1은 학습자 2에게 공을 던진다.)
> 학습자2: 그러면 변호사가 될 수 있어요.
> 나는 정말 야구선수가 되고 싶어요. 운동을 많이 해야 해요.
> (학습자 2는 학습자 3에게 공을 던진다.)
> 학습자3: 그러면 야구 선수가 될 수 있어요.

- 이 놀이에서 교사는 학습자들이 말하고 싶은 것을 말할 수 있도록 유도한다.

3. 정보를 교환해서 가져오기 게임을 한다.
- 학습자들을 세 모둠으로 나눈다. 각 모둠을 '환웅 모둠, 웅녀 모둠, 단군 모둠'으로 이름을 정해 준다. 교사는 미리 해당 인물에 관한 정보들을 카드 형식으로 만들어 준비해 둔다.
- 정보가 적힌 카드를 무작위로 모든 학습자들에게 나눠준다. 학습자들은 정보가 적힌 카드를 읽고 해당 모둠에 관한 것이 아니면 다른 사람들에게 가서 정보를 교환하자고 한다.
- 각자의 모둠에 관한 정보를 찾을 때까지 여러 사람들을 만나 교환하게 한다.
- 게임이 어느 정도 마무리가 되면 교사는 다시 학습자들을 모둠별로 앉게 한 후 모여진 정보 카드를 가지고 그 모둠 학습자들이 말해 볼 수 있도록 한다.

- 정보 카드의 예:
　· 환웅: 하늘나라 임금님의 아들, 바람의 신, 구름의 신, 비의 신, 날씨를 좋게 해요, 사람들의 병을 낫게 해요,
　　웅녀와 결혼해요.
　· 웅녀: 곰, 쑥과 마늘, 동굴, 100일, 사람이 되고 싶어요, 참을성이 많아요, 아름다워요, 환웅과 결혼해요.
　· 단군: 똑똑해요, 용감해요, 훌륭해요, 고조선을 만들어요.

4. 활동지를 풀어 본다.
- 학습자들에게 활동지의 낱말을 읽어보게 한 후 누구인지 추측하게 한다. 적당한 답을 빈 원 안에 적을 수
　있도록 유도한다.
- 답을 쓸 수 없는 학습자의 경우 교사는 낱말카드를 활용하여 이야기를 연결해 본다.
- 원①: 웅녀, 원②: 단군

5. 책 만들기를 한다. (Circle Book)
- 원 모양으로 종이를 자른다.
- 원을 반으로 접은 후 다시 반으로 접는다.
- 종이를 펴서 접힌 선 중에 하나를 가위로 중심선까지 자른다.
- 잘라진 면을 위로 접은 후 이미 접혀졌던 선대로 접어간다.
- 책 표지에 자신의 이름을 쓴다.
- 첫 번째면 에서는 학습자들이 되고 싶은 내용을 쓴다.
　두 번째면 에서는 무엇을 해야 하는지를 쓴다.
　세 번째면 에서는 네 번째 면과 함께 사용해서 자신의 모습을 그릴 수 있도록 한다.
- 예를 들어 선생님이 되고 싶다면,
　첫 번째 면에 "선생님이 되고 싶어요." 라고 쓰고 두 번째 면에는 "책을 많이 읽어요." 라고 쓴다. 그리고 세
　번째와 네 번째 면에는 선생님을 그린 후 "그러면 00 (학습자의 이름)은 선생님이 될 거예요." 라고 쓴다.

□ 복사해서 쓰세요.

■ 나는 누구일까요? 주어진 낱말을 읽고 누구인지 빈 원안에 적어보세요.

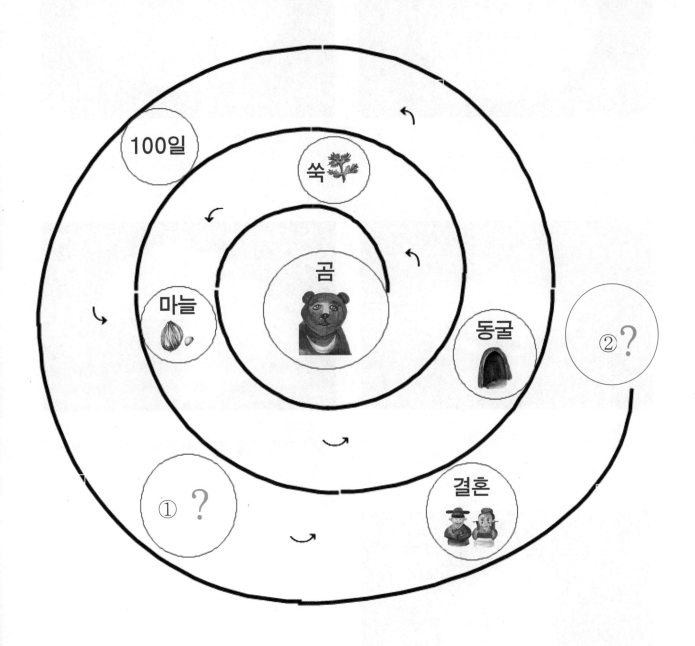

책 만들기(Circle Book)

① 원 모양으로 종이를 자른다.

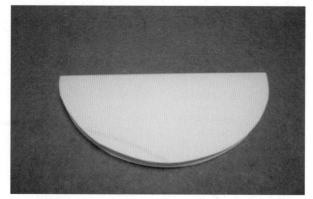

② 원을 반으로 접는다.

③ 다시 반으로 접는다.

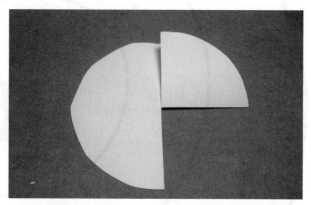

④ 종이를 펴서 접힌 선 중에 하나를 가위로 중심선까지 자르고 잘라진 면을 위로 접은 후 이미 접혀졌던 선대로 접어간다.

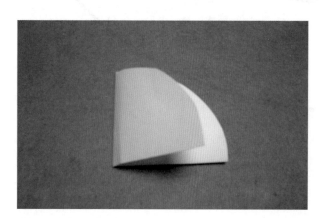

⑤ 책 표지에 자신의 이름을 쓴다.

환웅

웅녀

단군

곰

곡식

과일

✂

동굴

쑥

마늘

똑똑하다

용감하다

훌륭하다

➤ 등급

1등급	옛날, 아들, 살다, 어느, 날, 부르다, 이야기, 한, 번, 나라, 만들다, 아버지, 제(I/my), 말하다, 바람, 신, 비, 구름, 데리고(데리다), 땅, 내려오다, 곡식, 과일, 잘, 자라다, 그리고, 사람, 병, 고치다, 곰, 호랑이, 되다, 찾아가다, 정말, 백(100), 일(日), 동안(for), 마늘, 먹다, 기쁘다, 가지다, 들어가다 ,며칠, 지나다, 짜증, 참다, 날(day), 찾아오다, 너(you), 이제, 아름답다, 여자, 착하다, 결혼, 낳다, 이름, 똑똑하다, 어른, 훌륭하다, 모든, 좋다
2등급	하늘나라, 임금님, 저희, 쑥, 동굴, 내다, 뛰어가다, 용감하다
3등급	-
4등급	-

Memo

10

콩쥐 팥쥐

옛날 옛날에 착한 딸 콩쥐 그리고 엄마와 아빠가 살았어요.

콩쥐 어머니는 콩쥐가 어릴 때 돌아가셨어요. 그리고 콩쥐 아버지는 다시 결혼했어요.

새어머니는 딸과 같이 왔어요. 그 딸의 이름은 팥쥐였어요.

그런데 새어머니와 팥쥐는 마음이 나빴어요.

어느 날, 아버지도 돌아가셨어요. 나쁜 새어머니는 콩쥐에게 하루 종일 일을 시켰어요.

"콩쥐야, 내가 올 때까지 이 항아리에 물을 담아라. 그리고 팥쥐야, 너는 이 작은 항아리에 물을 담아라"

콩쥐는 항아리 밑에 구멍이 있었기 때문에 일을 끝낼 수 없었어요.

콩쥐가 항아리 옆에서 울고 있었어요. 그 때, 두꺼비 한 마리가 나타났어요.

"콩쥐야, 걱정하지마. 내가 구멍을 막아 줄게."

그래서 콩쥐는 항아리에 물을 가득 담았어요.

어느 날, 마을에 왕자님이 오셨어요. 콩쥐는 왕자님을 보러 가고 싶었어요.

하지만 새어머니는 콩쥐에게 또 일을 시켰어요.

"콩쥐야, 집을 청소하고 빨래를 해놓아라"

콩쥐는 슬펐어요.

그 때 선녀들이 나타나서 청소와 빨래를 해주었어요.

선녀들은 콩쥐에게 꽃신을 주며 왕자님을 보러 가라고 했어요.

콩쥐는 꽃신을 신고 왕자님을 보러 갔어요.

저녁이 되었어요. 콩쥐는 빨리 집으로 돌아가려고 뛰었어요.

뛰어가던 콩쥐는 꽃신 한 짝을 잃어 버렸어요.

왕자님이 그 꽃신을 보았어요.

"이 꽃신의 주인을 찾아와라. 나는 이 꽃신의 주인과 결혼하겠다."

왕자님은 신하들에게 말했어요.

그래서 마을의 처녀들은 모두 꽃신을 신어 보았어요. 하지만 아무에게도 맞지 않았어요.

콩쥐와 팥쥐의 집에도 신하들이 찾아왔어요.

"팥쥐야, 어서 꽃신을 신어 봐라."

새어머니는 말했어요.

그러나 팥쥐의 발은 너무 커서 꽃신이 맞지 않았어요.

"아가씨도 꽃신을 신어보세요."

신하들은 옆에 있는 콩쥐에게 말했어요.

꽃신은 콩쥐에게 꼭 맞았어요. 그래서 콩쥐는 왕자님과 결혼했어요.

수업계획안

제목	콩쥐 팥쥐		
학급 형태	나이	5~10세	
	수준	중급 (듣기: 중급/ 말하기: 중급/ 읽기: 중급/ 쓰기: 중급)	
	학생 수	20명	시간	40~50분
어휘	항아리, 두꺼비, 구멍, 착하다, 나쁘다, 크다, 작다, 시키다, 담다, 신다, 맞다, 잃어버리다		
표현	꽃신을 신어 <u>봐라.</u> 팥쥐의 발은 너무 커서 꽃신<u>이 맞지 않았어요.</u> 꽃신은 콩쥐<u>에게 꼭 맞았어요.</u> 항아리 밑에 구멍이 있었<u>기 때문에</u> 일을 끝낼 수 없었어요.		
목표	이야기의 내용을 듣고 이해할 수 있다. 이야기 속의 인물들에 대한 정보를 말할 수 있다. 옷의 종류와 신발의 종류를 말할 수 있다. 몸에 걸치는 것과 그것에 관련된 동사를 말할 수 있다. 명령어를 사용해서 말할 수 있다.		
과정	학습 활동		
수업 단계	1. 제시하기 → 배경지식 쌓기	1. 옷의 종류를 말해본다. (활동 내용 참조) 2. 옷의 이름을 익힌다. (활동 내용 참조)	
	2. 연습하기 → 스토리텔링과 이야기 지도 그리기	1. 스토리텔링을 한다. → 교사는 낱말카드를 사용하면서 이야기 한다. (활동 내용 참조) 2. 이야기에 나오는 내용을 질문해 본다. → 게임: 삐리리 퀴즈 (활동 내용 참조) 3. 이야기 지도를 그리고 말하기를 한다. → 이야기 지도를 통해 학생들 스스로가 이야기를 말할 수 있다. (활동 내용 참조) 4. 통제적 말하기 → 놀이: 실제 옷 입기 (활동 내용 참조) 5. 유도적 말하기 → 놀이: 손뼉 치며 말하기 (활동 내용 참조) 5. 교사와 나누어 글 읽기를 한다. → 배역 나누어서 읽기 (활동 내용 참조) 6. 모둠별 게임을 한다. → 게임: 단서를 찾아라 (활동 내용 참조)	
	3. 활용하기 → 책 만들기	1. 학습자 스스로가 책 만들기를 한다. → 책 만들기 (활동 내용 참조) 2. 학습자들이 활동지를 풀어본다. (활동 내용 참조)	

■ 수업 재료

- 낱말카드
  (셔츠, 외투, 재킷, 바지, 치마, 원피스, 양말, 모자, 입어요, 신어요, 써요)
- 실제 옷들, 신발, 모자 (교사용, 학습자용)
- 연필, 가위, 풀

■ 학습 활동

1. 옷의 종류와 옷과 연관된 동사를 적은 낱말카드를 만든다.
- 셔츠, 외투, 재킷, 바지, 치마, 원피스, 양말, 모자, 입어요, 신어요, 써요
- 교사는 낱말카드를 제시하면서 한 낱말을 세 번 반복해서 말한 후 학습자들이 따라할 수 있도록 유도한다.
  예를 들어, "바지, 바지, 바지"라고 말한다.

2. 교사는 간단한 노래를 사용해서 학습자들이 지루해하지 않으면서 낱말을 익힐 수 있도록 유도한다.
- 예를 들어 ♫ '00은/는 어디 있니? 여기'라는 노래를 사용해 본다.
- 학습자들 중 두 명을 호명해서 칠판 앞으로 나오게 한 후 교사의 노래를 잘 들으면서 학습자들이 알맞은 낱말을 가리킬 수 있도록 한다.

> 교사: 민수, 지영, 앞으로 나오세요.
> 　　　선생님이 부르는 노래를 잘 듣다가 알맞은 낱말을 가리켜 보세요.
> 　　　♫ 바지는 어디 있니?
> 학습자: (재빨리 바지 낱말을 가리키거나 손으로 짚어본다.) 여기.
> 교사: ♫ 치마는 어디 있니?
> 학습자: (재빨리 치마 낱말을 가리키거나 손으로 짚어본다.) 여기.
> 교사: ♫ 양말은 어디 있니?
> 학습자: (재빨리 양말 낱말을 가리키거나 손으로 짚어본다.) 여기.
> 교사: ♫ 모자, 어디 있을까?
> 학습자: (재빨리 모자 낱말을 가리키거나 손으로 짚어본다.) 여기.

3. 스토리텔링을 한다.
- 교사는 먼저 주요 낱말카드를 준비한다.
  이야기를 하면서 칠판에 낱말카드를 하나씩 제시한다.
  예를 들어 '이 항아리에 물을 채워라'에서 '항아리'라고 말할 때 '항아리'라는 낱말카드를 칠판에 제시하면 된다.

4. 스토리텔링이 끝나면 학습자들에게 삐리리 퀴즈를 낸다.

> 교사: 그럼 지금부터 삐리리 퀴즈를 할 거예요. 선생님이 문장을 읽다가 삐리리라고 말할 거예요. 여러분은 삐리리에 들어가는 낱말을 말하면 돼요. 준비됐나요?
> 학습자들: 예.
> 교사: 첫 번째 문제예요. 콩쥐는 삐리리 밑에 구멍이 있었기 때문에 일을 끝낼 수 없었어요. 하나, 둘, 셋, 넷, 다섯.

> **학습자들**: 항아리.
>
> **교사**: 와! 잘 했어요. 콩쥐는 항아리 밑에 구멍이 있었기 때문에 일을 끝낼 수 없었어요. 두 번째 문제
> 예요. 선녀들은 콩쥐에게 삐리리를 주며 왕자님을 보러 가라고 했어요. 하나, 둘, 셋, 넷, 다섯.
>
> **학습자들**: 꽃신.
>
> **교사**: 잘 했어요. 선녀들은 콩쥐에게 꽃신을 주며 왕자님을 보러 가라고 했어요. 세 번째 문제예요.
> 삐리리는 왕자님과 결혼했어요. 하나, 둘, 셋, 넷, 다섯.
>
> **학습자들**: 콩쥐.
>
> **교사**: 맞아요. 콩쥐는 왕자님과 결혼했어요.

5. 이야기 지도를 통해 인물들의 특징들을 학습자들과 함께 말해본다.
- 교사는 준비된 이야기 지도 표 위에 낱말카드를 제시하면서 이야기한다. 이 때 교사가 이야기한 내용을 보면
서 학습자들은 제시된 상자 속에 있는 낱말들을 오려서 이야기 순서에 따라 표 안에 붙인 후 발표할 수 있도
록 유도한다.
- (1) : 콩쥐, (2) : 새어머니, (3) : 두꺼비, (4) : 선녀, (5) : 왕자, (6) : 착한, (7) : 힘든 일, (8) : 항아리 구멍, (9) : 꽃신,
  (10) : 결혼

6. 말하기 연습을 한다.
- 교사는 미리 실제 옷과 신발, 모자를 준비해 둔다. 교사가 먼저 활동을 제시 한다.

> **교사**: 여러분, 선생님을 따라 말해 보세요.
> 재킷을 입어요. (교사의 재킷을 입어본다.)
>
> **학습자들**: 재킷을 입어요.
>
> **교사**: 꼭 맞아요.
> (양손을 포개어 가슴 가까이에 대면서 꼭 맞는다는 표현을 해 본다.)
>
> **학습자들**: 꼭 맞아요.
>
> **교사**: (교사는 학습자 중 한 명을 호명해서 교사용 재킷을 입힌다.)
> 너무 커요. (교사는 양팔을 크게 벌려 크다는 표현을 해 본다.)
>
> **학습자들**: 너무 커요.
>
> **교사**: (교사는 학습자 중 한 명의 재킷을 입어본다.)
> 너무 작아요. (교사는 양손을 작게 모아 작다는 표현을 해 본다.)
>
> **학습자들**: 너무 작아요.

- 그 외, '신발을 신어요. 모자를 써요.' 등 다양한 어휘를 익힐 수 있도록 한다.

7. 짝 활동을 한다.
- 짝끼리 마주 보게 한다. 교사는 준비한 낱말카드를 읽는다. 예를 들어, '바지'와 '입다'라는 낱말카드를 보면서
  "바지를 입어요."라고 교사와 학습자가 함께 말한다.
- 짝끼리 마주보고 손뼉을 세 번 친 다음 자유롭게 양손을 크게 벌리거나 작게 모으거나 또는 양손을 포개어
  가슴 가까이에 대면서 말할 수 있도록 유도한다. (6번 내용 참고)
- 교사는 학습자들 사이를 돌아다니면서 교정해 주거나 감독한다.

8. 활동지
- '입어요, 신어요, 써요'의 동사와 함께 사용하는 낱말을 보기의 그림 속에서 찾아 볼 수 있도록 유도한다.

활동지

■ 아래 그림을 보고 동사에 따라서 답을 적거나 그림을 오려 붙이세요.

신어요	입어요	써요

✂ ┄┄

이야기 지도 그리기

■ 아래 낱말을 이용해 번호 순서에 맞게 이야기를 연결해보세요.

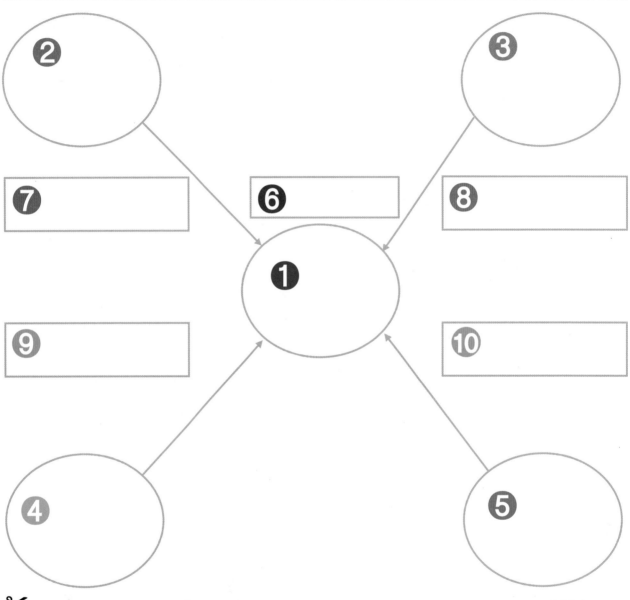

✄

힘든 일	두꺼비	새 어머니	선녀	항아리 구멍
왕자님	꽃신	콩쥐	결혼	착한

활동 내용 2

■ 수업 재료

- 본문 내용을 적은 큰 종이
- 문장카드
- 큰 주머니
- A4용지, 색연필, 가위, 풀

■ 학습 활동

1. 교사는 본문 내용을 적은 종이를 미리 준비해서 학습자들과 함께 나누어 읽기를 한다.
- 나누어 읽기 (Shared Reading)란 교사와 학습자가 나누어 읽는 방법으로 교사는 글을 읽기 전에 먼저 각 배역 (새어머니, 두꺼비, 원님, 신하)에 신청자들을 받는다. 교사가 글을 읽어가다가 해당 배역 대화 글에서는 그 학습자가 글을 읽을 수 있도록 유도한다.

2. 문장카드를 읽어본다.
- 교사는 다음과 같은 문장카드를 만든다.
  항아리 밑에 구멍이 있었어요./ 일을 끝낼 수 없었어요./ 일을 끝낼 수 있었어요./ 선녀들이 나타나서 청소와 빨래를 해주었어요./ 기 때문에
- 만든 문장카드의 좌우 가장자리에 다음과 같이 구멍을 뚫어둔다.

- 문장카드를 이용해서 학습자들과 '~기 때문에'를 넣어 한 문장 만들기 연습을 한다.

> **교사**: 여러분, 이 문장을 읽어보세요. (문장카드를 보이며)
> **학습자들**: 항아리 밑에 구멍이 있어요.
> **교사**: 잘했어요. 이 문장도 읽어볼까요? (문장카드를 보이며)
> **학습자들**: 일을 끝낼 수 없었어요.
> **교사**: 잘했어요. 자, 이번에는 '기 때문에' 카드를 사용해서 이 두 문장을 한 문장으로 만들어 볼 거예요. (문장카드를 고리로 연결시킨다.)
> **교사**: 같이 읽어볼까요?
> **교사, 학습자들**: 항아리 밑에 구멍이 있었기 때문에 일을 끝낼 수 없었어요.

3. 문장을 연결하는 활동을 한다.
- 위에 사용한 문장카드와 다음과 같은 새로운 문장카드를 더 만들어 놓는다.
  팥쥐의 발이 너무 컸어요./ 신이 맞지 않았어요./ 새 어머니와 팥쥐는 잘못을 뉘우쳤어요./ 착한 사람이 되었어요.
- 모든 카드를 큰 주머니에 넣는다.
- '기 때문에'를 쓴 카드를 여러 장 만든 다음 좌우 가장자리에 구멍을 뚫어둔다.
- 교사는 주머니 속에 넣어 둔 카드를 무작위로 두 장을 꺼낸 다음 학습자들과 함께 읽어본다.
- 예를 들어, '항아리 밑에 구멍이 있었어요' 카드와 '팥쥐의 발이 너무 컸어요' 의 두 카드 사이에 '~기 때문에' 카드를 넣고 각각의 구멍을 고리를 이용해서 연결 한다. 그리고 다 함께 읽어본다.

(항아리 밑에 구멍이 있었기 때문에 팥쥐의 발이 너무 컸어요.)
- 학습자들과 함께 고개를 갸우뚱거리면서 "아니요"라고 한다.
- '~기 때문에'를 사용해서 문장이 알맞게 연결되면 "네, 맞아요."라고 외친다.
- 연결된 문장들은 모두 칠판에 제시한 후 학습자들과 함께 읽어본다.

4. '단서를 찾아라' 게임을 한다.
- 문장카드를 칠판에 모두 제시한다.
- 학습자들을 네 모둠으로 만들어 모둠별로 한 줄 앉기를 한다.
- 모둠에서 제일 먼저 앉은 사람이 교사에게로 나온다.
- 교사는 각 모둠의 네 학습자들에게 귓속말로 낱말을 말해 준다. 이 때 낱말을 들은 학습자들은 그 낱말을 기억하고 각자의 모둠으로 간다.
- 각 모둠에서 두 번째 학습자가 교사에게로 나온다. 같은 방법으로 모둠의 모든 학습자들에게 다른 낱말들을 말해 준다.
- 모둠의 학습자들은 각자 들은 낱말을 말하고 낱말을 조합하여 문장을 만들어본다.
- 문장이 완성이 되면 칠판에 제시되어 있는 문장카드를 찾아 교사에게로 가지고 온다.
- 학습자들이 글자를 쓸 수 있는 수준일 경우 문장을 쓰게 한다.
- 예를 들어, 문장이 '콩쥐는 항아리 밑에 구멍이 있었기 때문에 일을 끝낼 수 없었어요.' 라면 교사가 학습자에게 제공하는 낱말 단서는 다음의 예와 같이 맞는 문장의 낱말순서와 관계없다.
  일/ 구멍/ 없었어요./ 있었어요./ 밑에/ 콩쥐는/ 기 때문에/ 항아리/ 끝내다

5. 활동지를 풀어 본다.
- 학습자들에게 낱말 상자에 있는 낱말을 읽어보게 한 후 문장 속에 알맞은 낱말을 넣게 한다.
- 1. 팥쥐의 발이 컸기 때문에 신이 맞지 않았어요.
  2. 참새들이 벼를 찧어 주었기 때문에 일을 끝낼 수 있었어요.
  3. 선녀들이 꽃신을 주었기 때문에 왕자님을 보러 갈 수 있었어요.

6. 책 만들기를 한다. (Suitcase Book)
- A4용지 한 장을 가로 방향으로 반을 접은 다음 다시 반으로 접는다.
- 종이를 펴서 다시 세로 방향으로 반을 접는다.
- 종이를 세로 방향으로 접은 다음 가위로 자른다.
- 한 장을 사진과 같이 접은 후 다른 종이에 붙인다.
- 여행 가방처럼 손잡이 부분을 만든다.

■ 두 문장 카드를 읽고 '~ 기 때문에'를 사용하여 한 문장으로 만들어 보세요.

1

팥쥐의 발이 컸어요.	신이 맞지 않았어요.

2

참새들이 벼를 쪼아 주었어요.	일을 끝낼 수 있었어요.

3

선녀가 꽃신을 주었어요.	왕자님을 보러 갈 수 있었어요.

책 만들기(Suitcase Book)

① A4용지 한 장을 가로 방향으로 반을 접은 다음 다시 반으로 접는다.

② 종이를 펴서 다시 세로 방향으로 반을 접은 다음 다시 편다.

③ 종이를 세로 방향으로 접은 다음 가위로 잘라 두 장을 만든다.

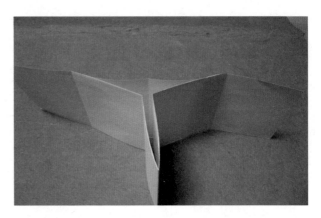

④ 한 장을 사진과 같이 접은 후 다른 종이에 붙인다.

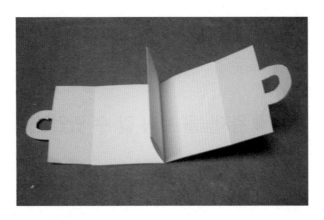

⑤ 여행 가방처럼 손잡이 부분을 만든다.

낱말카드

□ 복사해서 쓰세요.

항아리

두꺼비

구멍

착하다

나쁘다

크다

□ 복사해서 쓰세요.

낱말카드

작다   시키다

담다   신다

맞다   잃어버리다

도움터

1등급	옛날, 착하다, 딸, 그리고, 엄마, 아빠, 살다, 어머니, 어리다, 때, 돌아가다(죽다), 아버지, 다시, 결혼하다, 같이, 오다, 그(it), 이름, 그런데, 마음, 나쁘다, 어느, 날, 하루, 일, 시키다, 내(I/my), 이(this), 물, 담다, 너(you), 작다, 밑, 구멍, 있다, 없다, 옆, 울다, 한(1), 마리, 나타나다, 걱정하다, 막다, 그래서, 마을, 보다, 가다, 하지만, 집, 청소하다, 빨래, 슬프다, 주다, 신다, 저녁, 되다, 빨리, 돌아가다, 뛰다, 잃어버리다, 주인, 찾다, 말하다, 모두, 아무, 찾아오다, 발, 크다, 꼭
2등급	종일, 항아리, 두꺼비, 가득, 왕자, 선녀, 짝(신발), 신하, 처녀, 아가씨, 맞다, 행복하다
3등급	꽃신
4등급	새어머니

Memo

옛날 옛날에 바다 속에 용왕님이 살고 있었어요.
용왕님은 큰 병에 걸렸어요. 용왕님의 병은 낫지 않았어요.
어느 날, 문어가 기쁜 소식을 가져 왔어요.

"산에 사는 토끼의 간을 드시면 병이 나을 수 있습니다."
문어가 말했어요.
"용왕님, 제가 산에 가서 토끼를 잡아 오겠습니다."
거북이가 용감하게 말했어요.

거북이는 토끼의 그림을 들고 산에 갔어요.

거북이가 나무 아래에서 낮잠 자는 토끼를 깨웠어요.
"안녕하십니까? 용왕님께서 토끼님을 바다 잔치에 초대하셨습니다."
거북이가 토끼에게 거짓말을 했어요.
토끼는 거북이의 등에 업혀 바다 속으로 갔어요.

하지만 잔치는 없고 신하들은 토끼를 밧줄로 꽁꽁 묶었어요.
"토끼야, 너의 간이 필요하다. 당장 너의 간을 내놓아라!"
문어가 말했어요.
"이런, 제 간이 필요하면 미리 말씀하셨어야지요.
토끼들은 원래 간을 나무 아래에 묻어 놓거든요. 그리고 필요할 때만 꺼내요.
제 간이 필요하면 지금 당장 산에 가서 가져 올게요."
토끼가 거짓말을 했어요.

토끼는 거북이의 등에 업혀 산에 돌아왔어요.
"하하하! 세상에 간을 꺼내 놓고 사는 동물이 어디에 있니?"
토끼가 거북이를 놀리며 멀리 도망갔어요.
토끼를 놓친 거북이는 눈물이 났어요.

그 때, 산신령님이 나타났어요.

산신령님은 거북이에게 약을 주었어요.
용왕님은 약을 먹고 병이 나았어요.
그리고 거북이는 큰 상을 받았어요.

제목		토끼전		
학급 형태	나이	5~10세		
	수준	중급(듣기: 초급/ 말하기: 초급/ 읽기: 초급/ 쓰기: 초급)		
	학생 수	20명	시간	40~50분
어휘		용왕님, 약, 문어, 간, 낮잠, 거짓말, 잔치, 병이 낫다, 초대하다, 묻다, 등에 업다, 도망가다		
표현		바다 속에 문어가 살아요. 용왕님께서 토끼님을 바다잔치에 초대하셨습니다.		
목표		이야기의 내용을 듣고 이해할 수 있다. 이야기 속의 인물들에 대한 정보를 말할 수 있다. 동물의 서식지를 말할 수 있다. 초대장을 만들 수 있다.		

과정		학습 활동
수업 단계	1. 제시하기 → 배경지식 쌓기	1. 스무고개를 한다. (활동 내용 참조) 2. 소개한 동물들의 서식지를 소개한다. (활동 내용 참조)
	2. 연습하기 → 스토리텔링과 이야기 지도 그리기	1. 스토리텔링을 한다. → 교사는 낱말카드를 사용하면서 이야기 한다. (활동 내용 참조) 2. 이야기에 나오는 내용을 질문해 본다. → 게임: 삐리리 퀴즈 (활동 내용 참조) 3. 이야기 지도를 그리고 말하기를 한다. → 이야기 지도를 통해 학생들 스스로가 이야기를 말할 수 있다. (활동 내용 참조) 4. 통제적 말하기 → 게임: 봉투에 카드 넣기 (활동 내용 참조) 5. 유도적 말하기 → 게임: 많이많이 말하기 (활동 내용 참조) 6. 교사와 나누어 글 읽기를 한다. → 배역 나누어서 읽기 (활동 내용 참조) 7. 모둠별 게임을 한다. → 게임: 쪽지 게임 (활동 내용 참조)
	3. 활용하기 → 책 만들기와 역할극하기	1. 학습자 스스로가 책 만들기를 한다. → 책 만들기 (활동 내용 참조) 2. 학습자들이 활동지를 풀어본다. (활동 내용 참조)

■ **수업 재료**

• 낱말카드 (낱말카드 쪽 참조)
• 서류봉투 3장
• 연필, 가위, 풀

■ **학습 활동**

1. 교사는 스무고개를 하기 위해 여러 장의 '단서카드'를 준비한다. 카드를 미리 칠판에 일렬로 제시한 다음 한 장씩 뒤집어가면서 학습자들과 유추해 볼 수 있도록 한다.

- 예를 들어, 토끼는 '1-머리/ 2-귀/ 4-다리'로 세 장의 카드를 칠판에 제시한다. 한 개의 머리, 두 개의 귀, 네 개의 다리를 학습자들과 함께 읽으면서 카드에 적힌 단서가 어떤 동물인지 학습자들이 말할 수 있도록 유도한다. 그러나 위의 단서는 답을 맞히기 부족한 단서이므로 다음으로 '1-머리/ 2-긴 귀/ 4-다리'로 단서의 내용을 확장시켜 다시 제시하며 답을 맞힐 수 있도록 유도한다.

  거북: 1-머리/ 1-등/ 4-발→1-머리/ 1-딱딱한 등/ 4-지느러미 같은 발
  문어: 1-머리/ 8-다리

2. 칠판에 바다, 땅, 하늘을 그린다. 동물 낱말카드를 붙여본다.

> **교사**: 여기는 바다, 여기는 땅, 그리고 여기는 하늘이에요. 토끼는 어디에 살까요? 민수, 나와서 토끼 낱말카드를 붙여 보세요.
> **학습자**: (낱말카드를 땅에 붙인다.)
> **교사**: 잘 했어요. 토끼는 땅에 살아요. 다 같이 따라 말해 볼까요?
> **학습자**: 토끼는 땅에 살아요.
> **교사**: 문어는 어디에 살까요?
>   수진이가 나와서 문어 낱말카드를 붙여 보세요.
> **학습자**: (낱말카드를 바다에 붙인다.)
> **교사**: 잘 했어요. 문어는 바다에 살아요. 다 같이 따라 말해 볼까요?
> **학습자**: 문어는 바다에 살아요.

3. 스토리텔링을 한다.

- 교사는 먼저 주요 낱말카드를 준비한다. 이야기를 하면서 칠판에 낱말카드를 하나씩 제시한다.
  예를 들어 '바다 속에 용왕님이 살고 있었어요'에서 '용왕님'이라는 낱말카드를 '용왕님'이라고 말할 때 칠판에 제시하면 된다.

4. 스토리텔링이 끝나면 학습자들에게 삐리리 퀴즈를 낸다.

> **교사**: 그럼 지금부터 삐리리 퀴즈를 할거예요. 선생님이 문장을 읽다가 삐리리라고 말할 거예요. 여러 분은 삐리리에 들어가는 낱말을 말하면 돼요. 준비됐나요?
> **학습자들**: 예.
> **교사**: 첫 번째 문제예요. 옛날 옛날에 바다 속에 삐리리와 신하들이 살고 있었어요. 하나, 둘, 셋, 넷, 다섯.
> **학습자들**: 용왕님.
> **교사**: 와! 잘 했어요. 옛날 옛날에 바다 속에 용왕님과 신하들이 살고 있었어요. 두 번째 문제예요. 토 끼는 삐리리의 등에 업혀 바다 속으로 갔어요. 하나, 둘, 셋, 넷, 다섯.

> **학습자들:** 거북.
> **교사:** 잘 했어요. 토끼는 거북이의 등에 업혀 바다 속으로 갔어요. 세 번째 문제예요. 산신령님은 거북
>   이에게 삐리리를 주었어요.
>   하나, 둘, 셋, 넷, 다섯.
> **학습자들:** 약.
> **교사:** 맞아요. 산신령님은 거북이에게 약을 주었어요.

5. 이야기 지도를 통해 인물들의 특징들을 학습자들과 함께 말해본다.

- 교사는 준비된 이야기 지도 표 위에 낱말카드를 제시하면서 이야기 한다. 이 때 교사가 이야기한 내용을 보면서 학습자들은 제시된 상자 속에 있는 낱말들을 오려서 이야기 순서에 따라 표 안에 붙인 후 발표할 수 있도록 유도한다.
- (1): 용왕님-큰 병, (2): 문어-기쁜 소식, (3): 거북이-토끼를 잡아오겠습니다. (4): 토끼-거짓말, (5): 산신령님-약, (6): 큰 상

6. 분류를 통해 말하기 연습을 한다.

- 교사는 미리 서식지가 다른 동물 이름이 적힌 낱말카드를 여러 장 준비한다. 또한 서류 봉투를 세 장 준비해서 봉투 겉면에 바다, 땅, 하늘이라고 쓴다.

> **교사:** 여기 봉투가 세 장 있어요. 다 같이 읽어볼까요?
> **학습자들:** 바다, 땅, 하늘.
> **교사:** 네, 맞아요. 동물 이름이 적힌 카드가 있어요. 이름을 부르면 앞으로 나와서 동물 이름을 읽고
>   그 동물이 사는 곳을 여기에 있는 세 봉투 중 한 곳에 넣어 주세요. 할 수 있겠어요?
> **학습자들:** 네.
> **교사:** 좋아요, 그럼, 시작할까요? 진수, 앞으로 나오세요. 동물 이름을 읽어 주세요.
> **학습자:** 사자.
> **교사:** 사자는 어디에 살까요?
> **학습자:** 땅. (땅이 적힌 봉투에 카드를 넣는다.)
> **교사:** 참 잘했어요.

- 다음의 예를 가지고 연습할 수 있다..
   호랑이, 사슴, 소, 양, 돼지, 개, 고양이, 캥거루, 원숭이, 고래, 상어, 오징어, 새우, 독수리, 갈매기, 참새, 제비, 까마귀
- 활동을 마치면 교사는 봉투에 넣은 카드를 꺼내서 학습자들과 함께 읽어보고 모둠을 나누어 연습한다.

> **A모둠:** 어디에 살아요?
> **B모둠:** (호랑이 카드를 읽으면서)호랑이는 땅에 살아요.

7. '많이 많이 말하기' 활동을 한다.

- 교사는 학습자들을 여섯 개의 모둠으로 나누고 먼저 두 개의 모둠 학습자들이 앞으로 나와서 교사를 중심으로 양옆에 모둠별로 선다.
- 교사가 제시하는 것을 듣고 동물 이름을 말한다. 예를 들어, 교사가 "바다에 사는 동물"이라고 하면, 각 모둠에서 바다에 사는 동물에 대한 이름을 말하면 된다.
- 만약 한 모둠에서 이름을 말하다가 이름을 말할 수 없는 상황에 오면 상대방 모둠으로 기회를 준다.

8. 활동지

- 활동지 하단에 있는 동물이름을 보면서 도표에 동물이름을 써 본다.

■ 아래의 동물들을 보고 어디에 사는지 알맞게 오려서 붙여 보세요.

하늘	
땅	
바다	

✂

고래	상어	문어	독수리	사슴	새우	제비	원숭이	양
돼지	까마귀	소	호랑이	갈매기	참새	고양이	오징어	개

이야기 지도 그리기

■ 상자 속에 있는 낱말들을 오려서 이야기 순서에 따라 원 안에 붙이세요.

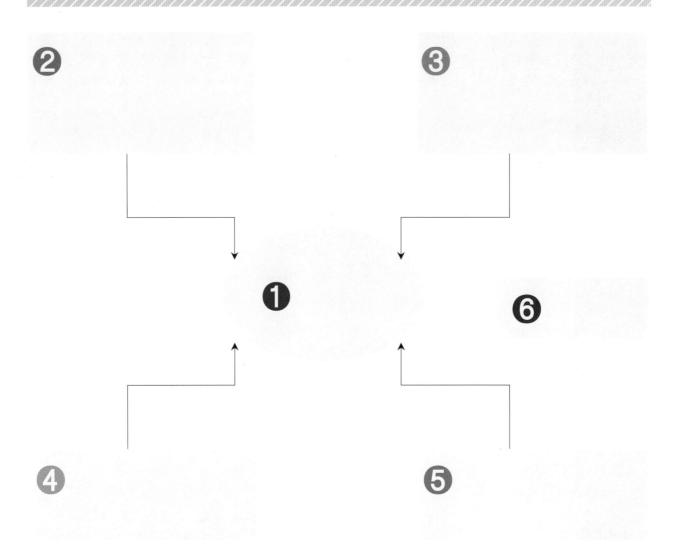

❷

❸

❶

❻

❹

❺

✂ ··

문어 -기쁜 소식	거북이 -토끼를 잡아 오겠습니다.	토끼 -거짓말
산신령님 -약	큰 상	용왕님 -큰 병

활동 내용 2

- 본문 내용을 적은 큰 종이
- 문장카드
- 낱말카드 (동화에 나오는 주인공의 이름이 적힌 카드)
- 큰 주머니
- 색연필, 가위, 풀, A4용지, 색종이

■ 학습 활동

1. 교사는 본문 내용을 적은 종이를 미리 준비해서 학습자들과 함께 나누어 읽기를 한다.
- 나누어 읽기 (Shared Reading)란 교사와 학습자가 나누어 읽는 방법으로 교사는 글을 읽기 전에 먼저 각 배역 (문어, 거북이, 토끼)에 신청자들을 받는다. 교사가 글을 읽어가다가 해당 배역 대화글에서는 그 학습자가 글을 읽을 수 있도록 유도한다.

2. 동화에 나온 주인공들을 찾아 서로 짝을 이룰 수 있게 유도한다.
- 교사는 이야기 속의 주인공들을 낱말카드로 만들어 학습자들에게 제시하고 칠판에 "안녕하십니까? ○○께서 ○○님을 잔치에 초대하셨습니다."라고 적어둔다. (아래 예 참조)
- 콩쥐-왕자님, 나무꾼-선녀, 웅녀-환웅, 혹부리 영감-도깨비, 토끼-용왕님, 정직한 나무꾼-산신령님
- 각각의 낱말카드와 짝이 되는 카드를 만들어 잘 섞은 후 칠판에 뒤집어 제시한다.
- 학습자들은 카드가 있던 자리를 기억하며 두 장의 카드를 뒤집어 낱말을 읽는다.
- 두 장의 카드의 짝이 맞으면 칠판에 미리 적어둔 "안녕하십니까? ○○께서 ○○님을 잔치에 초대하셨습니다." 라는 글에 카드에 적힌 낱말을 넣어 읽도록 한다.
- 예를 들어 토끼와 용왕님이 나왔다면, "안녕하십니까? 용왕님께서 토끼님을 잔치에 초대하셨습니다."라고 읽는다.
- 카드의 짝이 맞지 않으면 제자리에 다시 뒤집어 놓는다.

3. '주머니 돌리기 게임'을 한다.
- 학습자들을 모두 둥글게 앉도록 한다.
- 2번에서 사용한 낱말카드를 한 세트 더 만든 다음 각 세트를 두 개의 주머니에 넣는다.
- '생일 축하 노래'를 부르면서 두 개의 주머니를 각각 반대방향으로 돌린다.
- 노래가 끝날 때 주머니를 가지고 있는 학습자는 주머니 속에서 카드를 한 장 꺼낸다.
- 카드에 적혀있는 주인공들의 짝이 맞으면 두 사람이 함께 일어나서 "안녕하십니까? 00께서 00님을 잔치에 초대하셨습니다."라고 들고 있는 카드를 읽으면서 말한다.
- 만약 짝이 맞지 않으면, "이런, 안되겠는데요. 죄송해요"라고 말한다.
- 생일 축하 노래
  ♫ 생일 축하합니다. 생일 축하합니다.
    사랑하는 친구의 생일 축하합니다.

4. 쪽지게임을 한다.
- 교사는 미리 동화 속에 나오는 문장들을 적어 둔 쪽지를 만들어 놓는다. (본 교재에 나와 있는 본문을 참조)

- 게임을 위해 학습자들을 6개의 모둠으로 나눈다.
- 모둠에서 한 사람씩 교사에게 나와서 본문 내용이 적힌 문장 쪽지를 가지고 간다.
- 각 모둠의 학습자들은 모둠이 가진 쪽지에 적힌 본문을 읽고 짝이 맞는 주인공이 발견이 되면 재빨리 '○○는 ○○을 잔치에 초대합니다.'라고 말한다.
- 예를 들어 '저 산꼭대기에 연못이 있어요. 보름달이 뜨면 하늘나라 <u>선녀</u>들이 연못에서 목욕을 해요. 그 때 아저씨가 선녀의 날개옷을 한 벌 숨기세요. 그러면 선녀는 하늘로 올라가지 못해요. 그리고 아저씨와 함께 결혼할 거예요. 사슴의 말을 들은 <u>나무꾼</u>은 깜짝 놀랐어요.'라는 내용을 읽고 "나무꾼은 선녀를 초대합니다." 혹은 "선녀는 나무꾼을 초대합니다."라고 말하면 된다.
- 학습자들이 본문을 읽지 못할 경우 교사가 본문을 읽어주며 학습자의 활동을 유도한다.

5. 활동지를 풀어본다.
- 생일 초대장을 만들어 본다.

6. 책 만들기를 한다. (Shirt Book)
- A4용지를 반으로 접는다.
- 접힌 선이 위쪽 방향으로 올 수 있도록 한 다음 1cm정도의 여유를 남기고 다시 반을 접었다가 편다.
- 이번에는 종이를 다시 반으로 살짝 접어서 중심선을 찾아둔다.
- 1cm 정도의 접은 선을 따라 가위집을 적당하게(2.5cm) 넣는다. (사진 참조)
- 양쪽을 같은 방법으로 가위집을 넣어둔다.
- 자른 부분을 중심선에 맞춰서 접는다.
- 자른 부분을 뒤쪽에서 풀칠해서 칼라를 만든다.
- 속지의 내용은 활동지에서 만든 초대장을 붙인다.

■ 예쁘게 생일 초대 카드를 만들어 보세요.

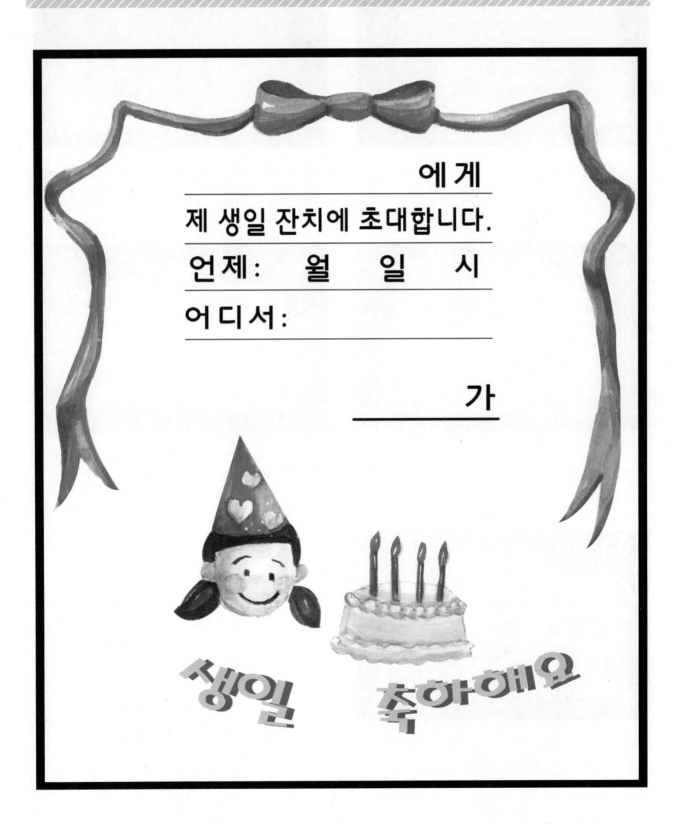

에게

제 생일 잔치에 초대합니다.

언제: 월 일 시

어디서:

가

생일 축하해요

책 만들기(Shirt Book)

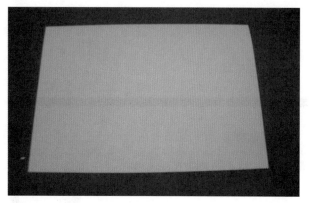

① A4용지를 반으로 접는다.

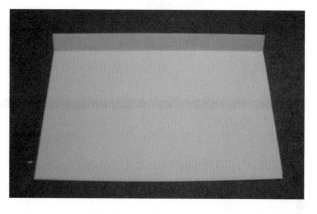

② 접힌 선이 위쪽 방향으로 올 수 있도록 한 다음 1cm정도의 여유를 남기고 다시 접었다가 편 후, 다시 반을 접어 중심선을 찾아둔다.

③ 1cm정도의 접은 선을 따라 가위집을 적당하게 (2.5cm) 넣는다.

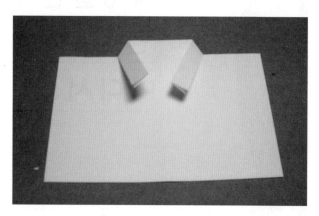

④ 양쪽을 같은 방법으로 가위집을 넣어두고 자른 부분을 중심선에 맞춰서 접는다.

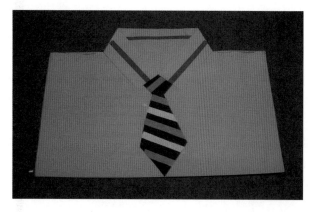

⑤ 자른 부분을 뒤쪽에서 풀칠해서 칼라를 만들고 속지에는 활동지에서 만든 초대장을 붙인다.

낱말카드

용왕님

약

문어

간

낮잠

거짓말

낱말카드

잔치	병이 낫다
초대하다	묻다
등에 업다	도망가다

도움터

> 등급

1등급	옛날, 바다, 속, 살다, 병, 걸리다, 낫다, 어느, 날, 기쁘다, 소식, 가져오다, 산, 토끼, 간, 말하다, 제(I/my), 가다, 잡다, 오다, 거북이, 그림, 들다, 나무, 아래, 자다, 거짓말, 등, 하지만, 없다, 너(you), 필요하다, 내놓다, 미리, 말씀하다, 묻다, 놓다, 그리고, 꺼내다, 지금, 가져오다, 돌아오다, 세상, 어디, 멀리, 눈물, (눈물)나다, 나타나다, 약, 주다, 먹다, 크다, 상, 받다
2등급	용왕, 문어, 용감하다, 낮잠, 깨우다, 잔치, 초대, 신하, 밧줄, 묶다, 당장, 원래, 동물, 놀리다, 도망가다, 놓치다
3등급	드시다, 업히다
4등급	산신령

Memo

12

효녀 심청

옛날 옛날에 심청이와 앞을 못 보는 아버지가 살았어요.

어머니는 돌아가셨고 아버지는 어린 청이를 안고 먹을 것을 찾아 다녔어요.

청이는 무럭무럭 자라 아버지의 일을 도왔어요.

어느 날, 아버지는 청이를 찾으러 가다가 냇물에 빠졌어요.

"살려주세요! 살려주세요!"

그 때 길을 가던 스님이 청이 아버지를 살려주었어요.

"쌀 삼백석을 부처님께 주면 눈을 뜰 수 있습니다."

스님이 말했어요.

아버지는 스님에게 쌀 삼백석을 주기로 약속을 했어요.

하지만 아버지는 걱정했어요.

"아버지! 무슨 일 있으세요? 저에게 말씀해 주세요."

심청이는 아버지께 물었어요.

아버지는 심청이의 부탁에 쌀 삼백석 이야기를 해 주었어요.

그 말을 들은 심청이는 아버지에게 쌀을 가져오겠다고 약속했어요.

어느 날, 마을 사람들이 용왕님께 드릴 사람을 찾고 있다고 말했어요.

청이는 자신을 드리고 쌀 삼백석을 받았어요.

청이는 아버지께 사실을 말씀드렸어요.

"아이고, 청아!"

아버지는 울었어요. 하지만 심청이는 배를 탔고 용왕님이 사는 바다로 뛰어들었어요.

용왕님은 청이의 이야기를 다 알고 있었어요.

그래서 청이를 큰 연꽃 속에 넣어 바다 위로 보냈어요. 이것을 본 사람들은 연꽃을 임금님께 드렸어요.

연꽃이 열리고 청이가 안에서 나왔어요.

임금님은 착하고 예쁜 청이와 결혼 했어요.

청이는 늘 아버지가 보고 싶었어요. 임금님은 청이를 위해 매일 궁궐에서 잔치를 했어요.

매일 많은 사람들이 궁궐로 왔지만 아버지는 없었어요.

잔치 마지막 날, 아버지가 잔치에 왔어요. 청이는 아버지를 보고 달려갔어요.

아버지는 깜짝 놀라 눈을 번쩍 떴어요.

앞을 보게 된 아버지는 딸 청이와 함께 행복하게 살았어요.

제목		효녀심청		
학급 형태	나이	5~10세		
	수준	중급(듣기: 중급/ 말하기: 중급/ 읽기: 중급/ 쓰기: 중급)		
	학생 수	20명	시간	40~50분
어휘		냇물, 마을, 약속하다, 어리다, 찾다, 보다, 못 보다, 예쁘다, 놀라다, 빠지다, 눈을 뜨다, 타다		
표현		청이를 찾으러 갔어요. 임금님은 착하고 예쁜 청이와 결혼했어요.		
목표		이야기의 내용을 듣고 이해할 수 있다. 이야기 속의 인물들에 대한 정보를 말할 수 있다. 장소를 말할 수 있다. 두 형용사로 관형절 만들기를 할 수 있다. 자신을 설명하는 이름표를 만들 수 있다.		

과정		학습 활동		
수업 단계	1. 제시하기 → 배경지식 쌓기	1. 본문 표지에 나오는 청이 그림을 보면서 주인공을 소개해 본다. 　(활동 내용 참조) 2. 여러 형용사를 몸으로 표현하면서 낱말을 소개한다. (활동 내용 참조)		
	2. 연습하기 → 스토리텔링과 이야기 지도 그리기	1. 스토리텔링을 한다. → 교사는 낱말카드를 사용하면서 이야기 한다. (활동 내용 참조) 2. 이야기에 나오는 내용을 질문해 본다. → 게임: 삐리리 퀴즈 (활동 내용 참조) 3. 이야기 지도를 그리고 말하기를 한다. → 이야기 지도를 통해 학생들 스스로가 이야기를 말할 수 있다. 　(활동 내용 참조) 4. 통제적 말하기 → 마임 놀이 (활동 내용 참조) 5. 유도적 말하기 → 게임: 당신은 누구세요? (활동 내용 참조) 6. 교사와 나누어 글 읽기를 한다. → 배역 나누어서 읽기 (활동 내용 참조) 7. 모둠별 게임을 한다. → 게임: 낚시 게임 (활동 내용 참조)		
	3. 활용하기 → 책 만들기와 역할극하기	1. 학습자 스스로가 책 만들기를 한다. → 책 만들기 (활동 내용 참조) 2. 학습자들이 활동지를 풀어본다. (활동 내용 참조)		

■ **수업 재료**

- 낱말카드 (낱말카드 쪽 참조)
- 주머니
- 연필

■ **학습 활동**

1. 본문 표지에 나오는 청이 그림을 보면서 주인공을 소개해 본다.

> **교사:** 이 소녀의 이름은 심청이에요. 성이 심이고 이름이 청이죠.
> 이름이 무엇이라고 했어요?
> **학습자들:** 심청.
> **교사:** 네, 맞아요. 심청이는 착할까요? 나쁠까요?
> **학습자들:** 착해요.
> **교사:** 네, 착해요. 심청은 착하고 예뻤어요. 따라해 볼까요?
> **학습자들:** 심청은 착하고 예뻤어요.
> **교사:** 그럼, 이제부터 청이를 말할 때는 착하고 예쁜 청이라고 말하기로 해요.
> **학습자들:** 착하고 예쁜 청이.

2. 낱말에 맞는 마임 (Mime)을 해 본다.

> **교사:** 선생님을 보세요. 선생님의 모습이 어때요?
> (태권도를 하는 모습 등 용감한 모습을 연출해 본다.)
> 선생님의 모습이 용감하지요. 다 같이 따라 말해 볼까요?
> 용감한 선생님.
> **학습자:** 용감한 선생님.
> **교사:** 잘 했어요. 선생님의 이 모습은 어때요? (친절한 모습을 연출해 본다.)
> 친절한 선생님.
> **학습자:** 친절한 선생님.

- 다음과 같은 낱말들을 소개해 본다.
  멋진, 친절한, 씩씩한, 용감한, 똑똑한, 예쁜, 깔끔한

3. 스토리텔링을 한다.
- 교사는 먼저 주요 낱말카드를 준비한다.
  이야기를 하면서 칠판에 낱말카드를 하나씩 제시한다.
  예를 들어 '아버지는 청이를 찾으러 가다가 냇물에 빠졌어요'에서 '냇물'이라는 낱말카드를 '냇물'이라고 말할 때 칠판에 제시하면 된다.

4. 스토리텔링이 끝나면 학습자들에게 삐리리 퀴즈를 낸다.

> **교사:** 그럼 지금부터 삐리리 퀴즈를 할 거예요. 선생님이 문장을 읽다가 삐리리라고 말할 거예요. 여러분은 삐리리에 들어가는 낱말을 말하면 돼요. 준비됐나요?

> **학습자들:** 예
>
> **교사:** 첫 번째 문제예요. 아버지는 청이를 찾으러 가다가 뻐리리에 빠졌어요. 하나, 둘, 셋, 넷, 다섯.
>
> **학습자들:** 냇물.
>
> **교사:** 와! 잘 했어요. 아버지는 청이를 찾으러 가다가 냇물에 빠졌어요.
>   두 번째 문제예요. 청이를 큰 뻐리리 속에 넣어 바다 위로 보냈어요.
>   하나, 둘, 셋, 넷, 다섯.
>
> **학습자들:** 연꽃.
>
> **교사:** 잘 했어요. 청이를 큰 연꽃 속에 넣어 바다 위로 보냈어요.
>   세 번째 문제예요. 임금님은 청이를 위해 매일 뻐리리에서 잔치를 했어요.
>   하나, 둘, 셋, 넷, 다섯.
>
> **학습자들:** 궁궐.
>
> **교사:** 맞아요. 임금님은 청이를 위해 매일 궁궐에서 잔치를 했어요.

- 퀴즈 도중 정답을 말할 때는 낱말카드를 칠판에 제시하는 것도 좋은 방법이다.

5. 이야기 지도를 통해 인물들의 특징들을 학습자들과 함께 말해본다.

- 교사는 준비된 이야기 지도 표 위에 낱말카드를 제시하면서 이야기 한다. 이 때 교사가 이야기한 내용을 보면서 학습자들은 제시된 상자 속에 있는 낱말들을 오려서 이야기 순서에 따라 표 안에 붙인 후 발표할 수 있도록 유도한다.
- (1) : 어린 청이, (2) : 앞을 못 보는 아버지, (3) : 냇물, (4) : 길을 가던 스님, (5) : 쌀 삼백석, (6) : 연꽃, (7) : 잔치, (8) : 앞을 보게 된 아버지

6. 마임을 한다.

- 교사는 네 명의 학습자를 교실 앞으로 나오게 한다.
- 교사가 말하는 것을 듣고 가장 표현을 잘 하는 학습자를 선정한다.

> **교사:** 선생님이 말하는 것을 듣고 행동으로 표현 할 거예요. 할 수 있는 사람은 손을 드세요.
>
> **학습자들:** 저요.
>
> **교사:** 좋아요. (학습자들의 이름을 부른다) 그럼, 시작할까요?
>   (앞으로 나온 학습자들은 일렬로 옆으로 선다.) 잘 듣고 몸으로 표현해 보세요. 똑똑한.
>
> **학습자들:** (똑똑한 표현을 각자 해 본다.)
>
> **교사:** 참 잘했어요. 여러분은 누가 잘 표현했다고 생각해요?
>
> **학습자들:** (교사의 말에 알맞게 표현한 학습자의 이름을 말한다.)

7. '당신은 누구세요?' 활동을 한다.

- 교사는 주머니 속에 여러 낱말카드 (형용사)를 넣어둔다.
- 호명된 학습자가 앞으로 나와서 주머니 속에서 2장의 카드를 꺼낸다.
- 앉아 있는 학습자들이 "당신은 누구세요?"라고 질문한다.
- 카드를 읽은 후 "나는 용감하고 씩씩한 창수예요."라고 말한다.
- 모두가 "그 이름 멋있어요."라고 말한다.

8. 활동지

- 활동지를 가지고 다른 학습자들에게 찾아가서 "당신은 누구세요?"라고 질문하면 각 학습자들은 자신이 원하는 곳에 이름을 쓴 후 "나는 ○○○ ○○입니다."라고 말할 수 있도록 유도한다.
- 예: '착한' 위쪽에, '예쁜' 오른쪽에 '박지현' 이름을 쓴다면, 착하고 예쁜 박지현이라고 말한다.

■ 당신은 누구입니까? 적당한 곳에 이름을 써 보세요.

	착한	친절한	씩씩한	멋진
깔끔한				
똑똑한				
용감한				
예쁜				

이야기 지도 그리기

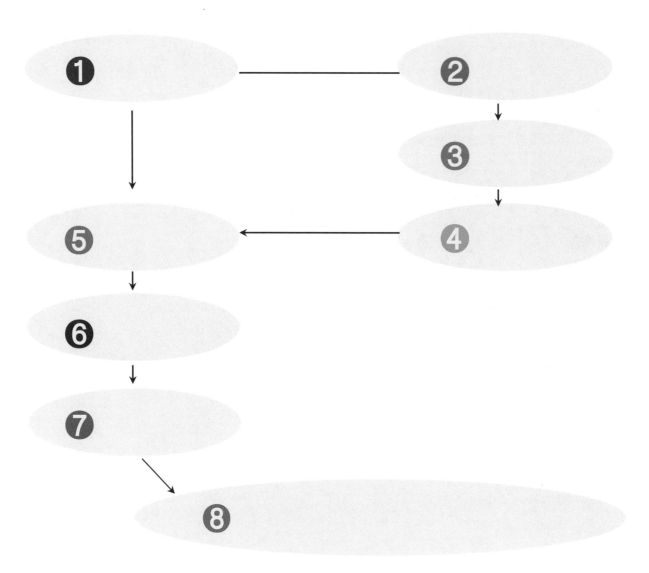

✂ ┈┈┈

길을 가던 스님	앞을 못 보는 아버지	쌀 삼백석	연꽃
어린 청이	잔치	냇물	앞을 보게 된 아버지

■ 수업 재료

- 본문 내용을 적은 큰 종이
- 문장카드
- 낱말카드
- 클립 여러 개, 자석이 달린 막대기(30cm 정도) 5개
- 색연필, 가위 또는 칼, A4용지

■ 학습 활동

1. 교사는 본문 내용을 적은 종이를 미리 준비해서 학습자들과 함께 나누어 읽기를 한다.
- 나누어 읽기 (Shared Reading)란 교사와 학습자가 나누어 읽는 방법으로 교사는 글을 읽기 전에 먼저 각 배역 (심청, 아버지, 스님)에 신청자들을 받는다. 교사가 글을 읽어가다가 해당 배역 대화글에서는 그 학습자가 글을 읽을 수 있도록 유도한다.

2. 다음과 같은 장소 낱말카드를 만든다.
- 음식점, 도서관, 버스 정류장, 바다, 학원, 슈퍼, 영화관
- 교사가 칠판에 낱말카드를 제시하면 학습자들은 교사와 함께 따라 읽기를 한다.
  이 때, 교사는 장소에 따른 설명을 하거나 학습자들에게 질문을 통해 장소에 관해 인지할 수 있게 한다.
- 예를 들어 '음식점'은 "배가 고파요. 식사를 하러 이곳에 가요. 음식점이예요. 식사를 하러 음식점에 갔어요." 라고 한다.
- 책을 읽으러 도서관에 갔어요./ 버스를 타러 버스정류장에 갔어요./ 고기를 잡으러 바다에 갔어요./ 피아노를` 배우러 학원에 갔어요./ 과자를 사러 슈퍼에 갔어요./ 영화를 보러 영화관에 갔어요.

3. '기억하기' 게임을 한다.
- 장소 낱말카드를 모두 칠판에 제시한 다음 다시 빨리 카드를 수거한다.
- 학습자들이 '~에 갔어요.'라는 구문을 사용해서 앞에 제시했던 장소 낱말카드를 기억하여 말할 수 있도록 한다.
- 예를 들어 도서관이라는 낱말이 기억나면 "책을 읽으러 도서관에 갔어요."라고 말한다.

4. '낚시 게임'을 한다.
- A4종이에 앞서 학습활동 2번에서 제시했던 문장들을 적어 문장 카드로 미리 준비해 둔다.
- 문장카드에 클립을 꽂아둔 다음 바닥에 펼쳐 놓는다.
- 학습자들을 5개의 모둠으로 나눈 다음 모둠별로 한 줄로 앉게 한다.
- 각 모둠의 대표가 먼저 교사에게 나오면 교사는 그 학습자에게 문장카드를 보여 준다.
- 문장카드를 읽은 학습자는 각자의 모둠으로 가서 귓속말로 전달한다.
- 맨 마지막에 문장을 전달받은 학습자는 문장카드가 있는 앞쪽으로 가서 자석이 부착되어 있는 막대기를 들고 들은 문장을 찾는다.

5. 활동지로 게임해 본다.
- 문장을 만들어 게임하면서 개인 공책에 만들어진 문장을 한 번씩 써볼 수 있도록 유도한다.

• 문장 띠를 만드는 방법

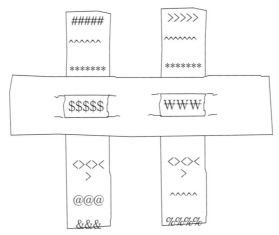

- 위의 그림과 같이 먼저 활동지에 있는 네모 띠를 선대로 자른다.
- A4용지 한 장을 가로 방향으로 놓고 네 개의 띠가 적당하게 놓일 수 있도록 배치한다.
  (이 때 연필로 A4용지 위에 살짝 표시해 두면 쉽게 자리를 찾을 수 있다.)
- 칼이나 가위를 사용해서 띠들을 종이 사이로 끼울 수 있도록 자른다.
  (칼이나 가위 사용 시 교사가 반드시 감독한다.)

6. 책 만들기를 한다. (Pop-up Book)
- A4용지 한 장을 가로 방향으로 반으로 접는다.
- 접은 종이에서 적당한 위치를 잡아 가위집을 3cm정도 두 차례 넣는다.
- 사진과 같이 가위집을 넣은 부분을 가볍게 접는다.
- 종이를 펴서 접혔던 부분을 안쪽으로 밀어 넣는다.

활동지

■ 문장띠를 가위로 오려 문장 만들기 놀이를 해보세요.

✂	✂	✂	✂	✂
아버지	식사	하러	음식점에 갔어요.	
어머니	버스	보러	영화관에 갔어요.	
할아버지	고기	사러	슈퍼에 갔어요.	
할머니	피아노	배우러	바다에 갔어요.	
언니	과자	잡으러	도서관에 갔어요.	
오빠	영화	읽으러	버스정류장에 갔어요.	
형	책	타러	학원에 갔어요.	

① A4용지 한 장을 가로 방향으로 반 접는다.

② 접은 종이에서 적당한 위치를 잡아 가위집을 3cm정도 두 차례 넣는다.

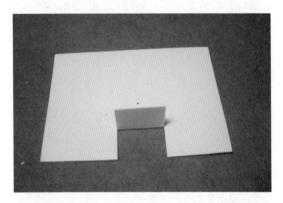

③ 사진과 같이 가위집을 넣은 부분을 가볍게 접는다.

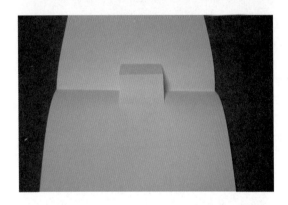

④ 종이를 펴서 접혔던 부분을 안쪽으로 밀어 넣는다.

낱말카드

냇물

마을

약속하다

어리다

찾다

보다

못 보다

예쁘다

놀라다

빠지다

눈을 뜨다

타다

> 등급

1등급	옛날, 앞, 못(not), 보다, 아버지, 살다, 어머니, 돌아가다(죽다), 어리다, 안다, 먹다, 것, 찾다, 다니다, 자라다, 어느, 날, 가다, 빠지다, 살리다, 그(it), 길, 쌀, 주다, 눈, 뜨다, 말하다, 하지만, 걱정하다, 무슨, 일, 있다, 저(I/my), 말씀하다, 묻다, 부탁, 이야기, 말(talk), 듣다, 가져오다, 마을, 사람, 드리다, 자신, 받다, 하다, 사실, 말씀, 울다, 배, 타다, 바다, 다(all), 알다, 그래서, 크다, 속, 넣다, 위, 보내다, 열리다, 안, 나오다, 착하다, 예쁘다, 결혼하다, 늘, 위하다, 매일, 많다, 오다, 없다, 마지막, 놀라다, 함께
2등급	냇물, 때, 스님, 약속하다, 용왕, 뛰어들다, 연꽃, 임금님, 궁궐, 잔치, 달려가다, 깜짝, 번쩍, 행복하다
3등급	부처님
4등급	–

Memo

13

바보온달

옛날 옛날에 고구려에 온달과 어머니가 살았어요.

사람들은 그를 바보온달 이라고 불렀어요.

그리고 궁궐에는 평강공주가 살았는데 울보였어요.

임금님은 평강공주가 울면 이렇게 말했어요.

"그렇게 울면 바보온달에게 시집보내야겠다."

평강공주는 예쁘게 자라서 결혼할 나이가 되었어요.

임금님은 평강공주에게 좋은 남자들을 만나게 해주었어요.

"저는 바보온달과 결혼할 거예요."

평강공주는 말했어요.

임금님은 화가 났어요. 그래서 평강공주를 궁궐 밖으로 쫓아냈어요.

평강공주는 바보온달을 찾아갔어요.

그리고 바보온달과 결혼했어요.

바보온달은 평강공주에게 글쓰기, 활쏘기, 말타기를 배웠어요.

바보온달은 열심히 배워서 똑똑하고 씩씩한 사람이 되었어요.

그러던 어느 날이었어요.

이웃 나라가 고구려를 공격하기 시작했어요.

사람들은 모두 도망갔어요.

"도망가지 말고 우리 같이 싸웁시다."

온달은 사람들에게 말했어요.

평강공주는 온달에게 칼과 갑옷을 주었어요.

온달은 고구려 군사들과 함께 싸웠어요.

온달은 이웃 나라 장군을 이겼어요. 그리고 이웃 나라 군사들은 온달이 무서워서 도망갔어요.

사람들은 모두 온달을 칭찬했어요. 임금님이 온달을 궁궐로 불렀어요.

"네 이름이 무엇이냐?"

임금님은 물었어요.

"제 이름은 온달입니다."

임금님은 깜짝 놀랐어요.

임금님은 온달에게 많은 상을 주었어요. 그리고 온달은 고구려의 장군이 되었어요.

훌륭한 장군이 된 온달은 고구려를 위해 많은 일을 했어요.

그리고 평강공주와 행복하게 살았어요.

제목		금도끼와 은도끼		
학급 형태	나이	5~10세		
	수준	중급 (듣기: 중급/ 말하기: 중급/ 읽기: 중급/ 쓰기: 중급)		
	학생 수	20명	시간	40~50분
어휘		고구려, 온달, 평강공주, 장군, 갑옷, 씩씩하다, 공격하다, 결혼하다, 칭찬하다, 싸우다, 배우다, 이기다		
표현		바보온달은 평강공주에게 글쓰기, 활쏘기, 말타기를 배웠어요. 평강공주는 온달에게 칼과 갑옷을 주었어요. 도망가지 말고 우리 가이 싸웁시다.		
목표		이야기의 내용을 듣고 이해할 수 있다. 이야기 속의 인물들에 대한 정보를 말할 수 있다. 제안형의 문장을 말할 수 있다. 여러 상황에서의 예절을 말할 수 있다. 명사어를 나열할 수 있다.		

과정		학습 활동
수업 단계	1. 제시하기 → 배경지식 쌓기	1. 쉽게 거미 그리는 방법을 제시한다. 2. 배운 과목이나 종목에 대해 말할 수 있도록 유도한다.
	2. 연습하기 → 스토리텔링과 이야기 지도 그리기	1. 스토리텔링을 한다. → 교사는 낱말카드를 사용하면서 이야기 한다. (활동 내용 참조) 2. 이야기에 나오는 내용을 질문해 본다. → 게임: 삐리리 퀴즈 (활동 내용 참조) 3. 이야기 지도를 그리고 말하기를 한다. → 이야기 지도를 통해 학생들 스스로가 이야기를 말할 수 있다. (활동 내용 참조) 4. 통제적 말하기 → 풍선 전달하기 놀이 (활동 내용 참조) 5. 유도적 말하기 → 게임: 눈 뭉치 만들기 (활동 내용 참조) 6. 교사와 나누어 글 읽기를 한다. → 배역 나누어서 읽기 (활동 내용 참조) 7. 모둠별 게임을 한다. → 게임: 손 팻말 놀이 (활동 내용 참조)
	3. 활용하기 → 책 만들기와 역할극하기	1. 학습자 스스로가 책 만들기를 한다. → 책 만들기 (활동 내용 참조) 2. 학습자들이 활동지를 풀어본다. (활동 내용 참조)

활동 내용 1

■ **수업 재료**

- 낱말카드(낱말카드 쪽 참조)
- 풍선
- 연필

■ **학습 활동**

1. 쉽게 거미를 그리는 방법을 학습자들에게 가르쳐준다.

> **교사:** 여러분, 거미를 쉽게 그리는 방법을 알고 있어요?
> **학습자들:** 아니요.
> **교사:** 그럼, 잘 보세요.
> 먼저, 동그라미를 두 개 차례로 그려요. 하나는 작게 머리가 되는 부분이고, 다른 하나는 크게 몸 부분이 되지요.
> 다음은 거미의 8개 다리를 동그라미 주변으로 그려요. 어때요? 거미같이 보이나요?
> **학습자들:** 네.
> **교사:** 여러분들은 방금 쉽게 거미를 그리는 방법을 누구에게 배웠어요?
> **학습자들:** 선생님.
> **교사:** 맞아요. 여러분들은 방금 쉽게 거미를 그리는 방법을 선생님에게 배웠어요.

2. 학습자들이 배운 과목이나 종목에 대해 다양하게 말할 수 있도록 유도한다.

> **교사:** 여러분이 잘 할 수 있는 것을 말해 볼까요? 민수.
> **민수:** 태권도.
> **교사:** 와! 민수는 태권도를 누구에게 배웠어요?
> **민수:** 사범님.
> **교사:** 그래요. 민수는 태권도를 사범님께 배웠어요. 지현이는 어때요?
> **지현:** 피아노.
> **교사:** 와! 지현이는 피아노를 누구에게 배웠어요?
> **지현:** 피아노 선생님.
> **교사:** 그렇군요. 지현이는 피아노 치는 것을 피아노 선생님에게 배웠어요.

- 선생님: 여러 과목, 한글/ 친구: 종이접기, 공기놀이/ 아빠: 자전거 타기/ 엄마: 사랑, 뜨개질하기

3. 스토리텔링을 한다.
- 교사는 먼저 주요 낱말카드를 준비한다.
  이야기를 하면서 칠판에 낱말카드를 하나씩 제시한다.
  예를 들어 '옛날 옛날에 고구려에 온달과 어머니가 살았어요'에서 '온달'이라는 낱말카드를 '온달'이라고 말할 때 칠판에 제시하면 된다.

4. 스토리텔링이 끝나면 학습자들에게 삐리리 퀴즈를 낸다.

> **교사:** 그럼 지금부터 삐리리 퀴즈를 할 거예요. 선생님이 문장을 읽다가 삐리리라고 말할 거예요. 여러분은 삐리리에 들어가는 낱말을 말하면 돼요. 준비됐나요?

> 학습자들: 예.
> 교사: 첫 번째 문제예요. 평강공주는 삐리리와 결혼했어요. 하나, 둘, 셋, 넷, 다섯.
> 학습자들: 바보온달.
> 교사: 와! 잘 했어요. 평강공주는 바보온달과 결혼했어요.
>   두 번째 문제예요. 바보온달은 평강공주에게 삐리리, 삐리리, 삐리리를 배웠어요.
>   하나, 둘, 셋, 넷, 다섯.
> 학습자들: 글쓰기, 활쏘기, 말타기
> 교사: 잘 했어요. 바보온달은 평강공주에게 글쓰기, 활쏘기, 말타기를 배웠어요.
>   세 번째 문제예요. 온달은 고구려의 삐리리가 되었어요. 하나, 둘, 셋, 넷, 다섯.
> 학습자들: 장군.
> 교사: 맞아요. 온달은 고구려의 장군이 되었어요.

- 퀴즈 도중 정답을 말할 때는 낱말카드를 칠판에 제시하는 것도 좋은 방법이다.

5. 이야기 지도를 통해 인물들의 특징들을 학습자들과 함께 말해본다.
- 교사는 준비된 이야기 지도 표 위에 낱말카드를 제시하면서 이야기 한다. 이 때 교사가 이야기한 내용을 보면서 학습자들은 제시된 상자 속에 있는 낱말들을 오려서 이야기 순서에 따라 표 안에 붙인 후 발표할 수 있도록 유도한다.
  1: 임금님과 평강공주, 바보온달이 살았어요.
  2: 평강공주가 살았는데 울보였어요.
    "그렇게 울면 바보온달에게 시집보내야겠다."
  3: 바보온달은 평강공주에게 글쓰기, 활쏘기, 말타기를 배웠어요.
    바보온달은 똑똑하고 씩씩한 사람이 되었어요.
    온달은 고구려 군사들과 함께 싸웠어요.
  4: 훌륭한 장군이 된 온달은 고구려를 위해 많은 일을 했어요.
    온달은 평강공주와 행복하게 살았어요.

6. '풍선 전달하기' 놀이를 한다.
- 풍선을 옆 사람에게 전달하면서 학습자들이 누구로부터 무엇을 배웠는지를 발표할 수 있게 한다.
- 처음에는 반 전체가 천천히 풍선을 돌리면서 발표하게 한 다음, 모둠을 여러 개로 나누어서 풍선을 빨리 전달하면서 말하게 한다. 풍선 전달이 가장 먼저 된 모둠이 우승하게 된다.

7. '눈 뭉치 만들기' 게임을 한다.
- 교사는 평강공주가 온달에게 무엇을 주었는지 질문해 본다. 본문에 나오는 것 (칼과 갑옷) 이 외에도 학습자들의 다양한 의견을 들어본다.
- 학습자들은 '~과(와)'를 사용해서 말할 수 있도록 유도한다.
- 처음 발화자가 말하는 낱말은 두 개지만 다음 사람은 앞 사람의 말에 덧붙여 자신이 생각하는 낱말을 다시 두 개 말해야 한다. 그 다음 사람이 말하는 낱말은 여섯 개가 된다.

8. 활동지
- 자신이 배운 종목을 쓴 후 누구로부터 배웠는지 써 볼 수 있게 한다.
- 예를 들어 '한글은 선생님으로부터 배웠어요'라고 할 때 '한글'이 적힌 칸 위에 '선생님'을 쓴다.
  피아노, 태권도, 수영, 바둑 등

■ 누구에게 무엇을 배웠는지 쓰고 친구들에게 말해 보세요.

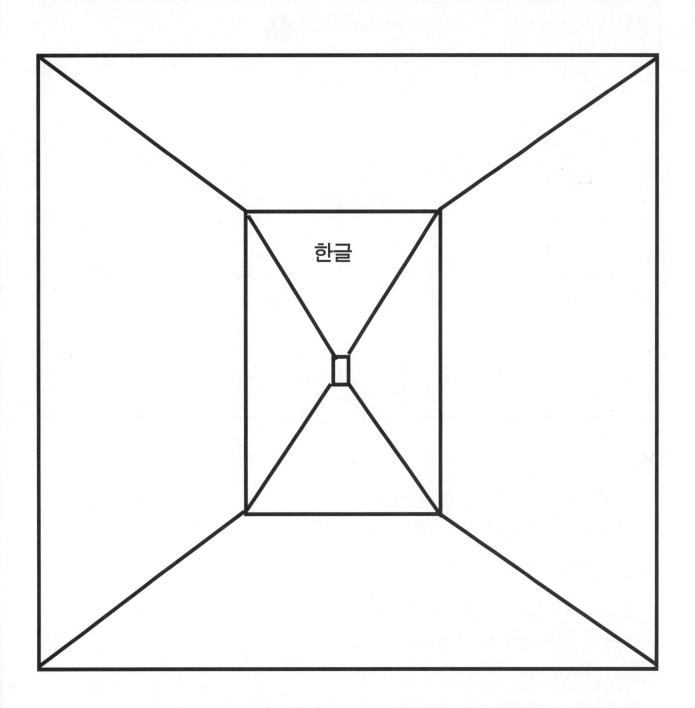

한글

이야기 지도 그리기

■ 제시된 문장들을 읽고 이야기 순서에 맞게 문장을 넣어 보세요.

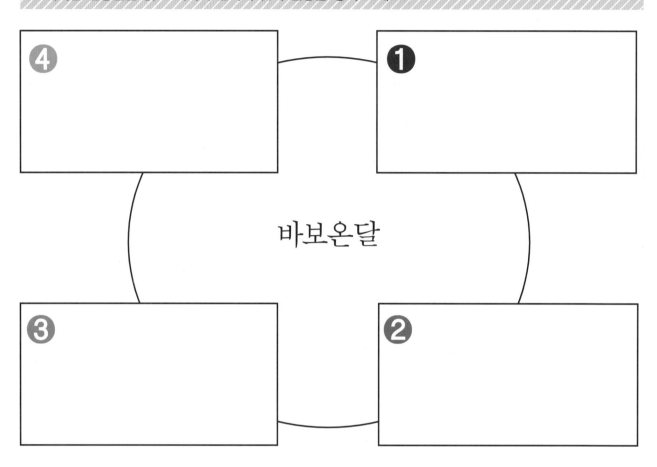

바보온달

✂ ┈┈┈┈┈┈┈┈┈┈┈┈┈┈┈┈┈┈┈┈┈┈┈┈┈┈┈┈┈┈┈┈┈┈┈

평강공주가 살았는데 울보였어요.
"그렇게 울면 바보온달에게 시집보내야겠다."

임금님과 평강공주, 바보온달이 살았어요.

훌륭한 장군이 된 온달은 고구려를 위해 많은 일을 했어요.
온달은 평강공주와 행복하게 살았어요.

바보온달은 평강공주에게 글쓰기, 활쏘기, 말타기를 배웠어요.
바보온달은 똑똑하고 씩씩한 사람이 되었어요.
온달은 고구려 군사들과 함께 싸웠어요.

활동 내용 2

■ **수업 재료**

• 본문 내용을 적은 큰 종이
• 문장카드
• 낱말카드 (낱말카드 쪽 참고)
• A4용지 (모둠별로 한 장씩)
• 색연필

■ **학습 활동**

1. 교사는 본문 내용을 적은 종이를 미리 준비해서 학습자들과 함께 나누어 읽기를 한다.
- 나누어 읽기 (Shared Reading)란 교사와 학습자가 나누어 읽는 방법으로 교사는 글을 읽기 전에 먼저 각 배역 (평강공주, 온달, 임금님)에 신청자들을 받는다. 교사가 글을 읽어가다가 해당 배역 글에서는 그 학습자가 글을 읽을 수 있도록 유도한다.

2. ♫ '우리 모두 다 같이 손뼉을' 노래를 부른다.
- 이 노래를 부를 때, '우리 모두 다 같이 손뼉을, (짝짝)' 부분에서 손뼉을 치는 부분에서 교사는 "칩시다"라고 크게 강조해서 말한다.
- 노래가 계속될 때 학습자들도 재미있게 따라하게 된다.
- 교사는 다소 연기하는 목소리로 "적군이 쳐들어 왔다."라고 말한 다음 우리 모두 다 같이 싸웁시다. (와와)라고 부른다.
  예: ♫ 우리 모두 다 같이 싸웁시다. (와와)
              우리 모두 다 같이 싸웁시다. (와와)
              도망가지 말고 우리 같이 싸웁시다.
              우리 모두 다 같이 싸웁시다. (와와)

3. 교실에서 지킬 수 있는 예절이 무엇이 있는지 말하도록 유도한다.
- 다음의 예를 가지고 연습할 수 있다.
  놀지 말고 공부합시다.
  시끄럽게 떠들지 말고 조용합시다.
  싸우지 말고 사이좋게 지냅시다.
  뛰어다니지 말고 앉읍시다.
- 교실 예절 이외에도 다음과 같이 여러 예절에 대해 이야기한다.
  길에서 지킬 수 있는 예절:
  쓰레기는 함부로 버리지 말고 쓰레기통에 버립시다.
  나무와 꽃을 꺾지 말고 보호합시다.
  버스나 지하철에서 지킬 수 있는 예절:
  함께 버스를 탄 사람들을 위해 큰소리로 떠들지 맙시다.
  지하철 안에서 뛰거나 장난치지 맙시다.
- '우리 모두 다 같이 손뼉을' 노래에 맞춰 위의 문장들을 노래해도 재미있다. 이 때, 교사는 학습자들이 노래에

맞춰 연기해 볼 수 있도록 유도한다.

4. '손 팻말 만들기'를 한다.
- 교사는 학습자들을 5~6개 모둠으로 나눈 후 각 모둠에 8절 도화지를 한 장씩 나누어 준다.
- 앞서 학습 활동 3번에서 제시한 문장들을 사용해서 각 모둠 별로 팻말을 만들게 한다.
- 직접 글씨를 쓰고 그림도 그려 볼 수 있게 한다.

5. '손 팻말' 놀이를 한다.
- 각 모둠에서 대표를 한 사람씩 정하게 한다.
- 학습자들 모두 일어서서 큰 원을 만들게 한다.
- 각 모둠의 대표들은 원 안으로 선다.
- 학습자들 모두 노래를 하면서 원을 돈다.
- 교사는 '멈춰' 신호를 하면서 팻말 중 하나를 큰 소리로 읽는다.
- 학습자들은 모두 그 팻말을 든 사람 주위로 모인다.
- 처음엔 교사가 시범을 보이지만 곧 학습자들이 모든 놀이를 진행할 수 있도록 유도한다.

6. 활동지를 풀어본다.
- 일주일 동안 교실에서 예절 그래프를 만들어 본다.
  교사는 학습자가 예절 항목을 잘 지키도록 유도하고 잘 지켰을 경우 학습자에게 칭찬 스티커를 주고 그래프
  에 붙이도록 한다.

7. 책 만들기를 한다. (Human Book)
- A4용지 한 장을 가로 방향으로 반을 접은 다음 다시 반으로 접는다.
- 종이를 펴서 다시 세로 방향으로 반을 접는다.
- 종이를 가로 방향으로 펴서 양쪽 아래 부분을 잘라 낸다.
- 종이 위쪽 부분을 안으로 접는다.
- 잘라낸 종이를 나머지의 양쪽으로 팔 모양이 될 수 있도록 풀로 붙인다.
- 다른 종이에 얼굴 부분을 둥글게 그린 후 사진과 같이 붙인다.

활동지

■ 일주일 동안 나의 예절 그래프를 만들어 보세요. 그리고 칭찬 스티커를 붙여 보세요.

✂ ·

1.	친구와 싸우지 맙시다.	예	아니요
2.	교실에서 조용합시다.	예	아니요
3.	친구들과 사이좋게 지냅시다.	예	아니요
4.	인사를 합시다.	예	아니요
5.	교실에서 뛰어다니지 맙시다.	예	아니요
6.	휴지는 쓰레기통에 버립시다.	예	아니요
7.	책을 읽읍시다.	예	아니요
8.	욕을 쓰지 맙시다.	예	아니요

	월	화	수	목	금	토
1						
2						
3						
4						
5						
6						
7						
8						

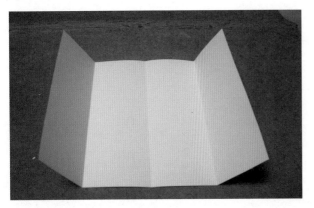

① A4용지 한 장을 가로 방향으로 반을 접은 다음 다시 반으로 접는다.

② 종이를 펴서 다시 세로 방향으로 반을 접는다.

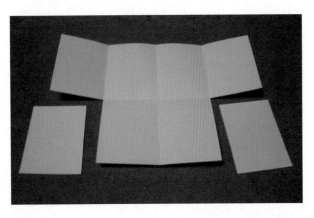

③ 종이를 가로 방향으로 펴서 양쪽 아래 부분을 잘라 낸다.

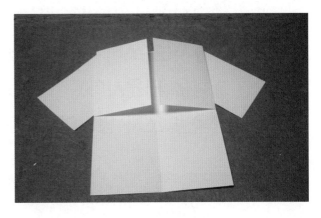

④ 종이 위쪽 부분을 안으로 접는다.
　잘라낸 종이를 양쪽으로 팔 모양이 될 수 있도록 붙인다.

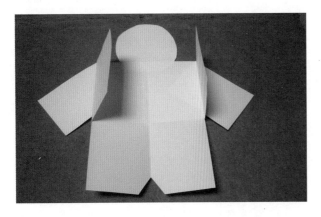

⑤ 잘라낸 종이를 ④번 양쪽으로 팔 모양이 될 수 있도록 풀로 붙이고 다른 A4용지에 얼굴 부분을 둥글게 그린 후 오려서 사진과 같이 붙인다.

고구려

온달

평강공주

장군

갑옷

씩씩하다

낱말카드

☐ 복사해서 쓰세요.

공격하다	결혼하다
칭찬하다	싸우다
배우다	이기다

> 등급

1등급	옛날, 어머니, 살다, 사람, 그(he), 부르다, 그리고, 울다, 이렇게(이러하게), 말하다, 그렇게(그러하게), 예쁘다, 자라다, 결혼하다, 나이, 되다, 좋다, 남자, 만나다, 저(I/my), 화나다, 밖, 찾아가다, 글, 쓰다, 쏘다, 말(horse), 타다, 배우다, 열심히, 똑똑하다, 씩씩하다, 어느, 날, 이웃, 나라, 시작하다, 모두, 우리, 같이, 싸우다, 칼, 주다, 함께, 이기다, 무섭다, 네(you), 이름, 무엇, 묻다, 놀라다, 많다, 상, 훌륭하다, 위하다, 일, 하다
2등급	고구려, 바보, 궁궐, 공주, 울보, 임금님, 쫓다, 활, 공격, 도망가다, 갑옷, 군사, 장군, 칭찬하다, 깜짝, 행복하다
3등급	–
4등급	시집보내다

Memo

14

견우와 직녀

옛날 옛날에 하늘나라 임금님에게 딸이 다섯 명 있었어요.

임금님은 막내딸을 제일 좋아했는데 이름이 직녀였어요.

어느 덧 직녀가 결혼 할 나이가 되었고 임금님은 직녀에게 좋은 남자들과 만나게 해주었어요.

그러나 직녀는 모두 싫었어요. 왜냐하면 직녀는 남자친구가 있었어요.

남자친구의 이름은 견우였어요.

견우는 소를 좋아해서 항상 소와 함께 다녔어요.

"견우를 다시는 만나지 마라!"

임금님은 화를 내며 말했어요.

그러나 두 사람은 몰래 만났어요.

임금님은 더욱 화가 났어요.

임금님은 두 사람을 멀리 보내기로 했어요.

견우를 동쪽 나라로, 직녀를 서쪽 나라로 보냈어요.

견우와 직녀는 울면서 헤어졌어요.

임금님은 견우와 직녀가 불쌍했어요.

그래서 두 사람을 일 년에 한 번씩 만날 수 있도록 허락했어요.

그래서 견우와 직녀는 매년 칠월 칠일에 은하수 강가에서 서로 만났어요.

그런데 강이 너무 넓고 깊었어요. 그래서 두 사람은 강을 건널 수 없었고 멀리서 보기만 했어요.

까치와 까마귀들은 견우와 직녀가 불쌍했어요.

그래서 까치와 까마귀들은 은하수 강가에 모여 몸으로 다리를 만들었어요.

견우와 직녀는 까치와 까마귀가 만든 다리 위에서 서로 만났어요.

두 사람은 너무 기뻐서 눈물을 흘렸어요.

그래서 그 눈물이 비가 되어서 매년 칠월칠일 이면 비가 와요.

책 제목	견우와 직녀			
학급 형태	나이	5~10세		
	수준	중급 (듣기: 중급/ 말하기: 중급/ 읽기: 중급/ 쓰기: 중급)		
	학생 수	20명	시간	40~50분
어휘	동, 서, 남, 북, 은하수, 까치, 까마귀, 다리, 일 년, 만나다, 넓다, 깊다			
표현	일 년에 한 번씩 만날 수 있도록 허락했어요. 까치와 까마귀들은 은하수 강가에 모여 몸으로 다리를 만들었어요.			
목표	이야기의 내용을 듣고 이해할 수 있다. 이야기 속의 인물들에 대한 정보를 말할 수 있다. 양력과 음력을 이해하고 달력을 읽을 수 있다. 한국의 명절과 명절 행사를 말할 수 있다.			

과정	학습 활동	
수업 단계	1. 제시하기 → 배경지식 쌓기·	1. 월, 일을 소개한다. (활동 내용 참조) 2. 달력에서 양력과 음력의 차이를 설명한다. (활동 내용 참조)
	2. 연습하기 → 스토리텔링과 이야기 지도 그리기	1. 스토리텔링을 한다. → 교사는 낱말카드를 사용하면서 이야기 한다. (활동 내용 참조) 2. 이야기에 나오는 내용을 질문해 본다. → 게임: 삐리리 퀴즈 (활동 내용 참조) 3. 이야기 지도를 그리고 말하기를 한다. → 이야기 지도를 통해 학생들 스스로가 이야기를 말할 수 있다. (활동 내용 참조) 4. 통제적 말하기 → 카드 들기 놀이 (활동 내용 참조) 5. 유도적 말하기 → 게임: 빙고 게임 (활동 내용 참조) 5. 교사와 나누어 글 읽기를 한다. → 배역 나누어 읽기 (활동 내용 참조) 6. 모둠별 게임을 한다. → 게임: '동쪽으로, 서쪽으로 놀이'를 한다. (활동 내용 참조)
	3. 활용하기 → 책 만들기	1. 학습자 스스로가 책 만들기를 한다. → 책 만들기 (활동 내용 참조) 2. 학습자들이 활동지를 풀어본다 (활동 내용 참조)

■ 수업 재료

- 낱말카드 (낱말카드 쪽 참조)
- 달력

■ 학습 활동

1. 월, 일을 소개한다.

> 교사: 1년은 열두 달이며 365일로 이루어져 있어요. 한 달에는 30일이나 31일이 있고 2월은 28일이나
>   29일이지요. 1년은 모두 몇 달이 있어요?
> 학습자들: 열두 달.
> 교사: 맞아요. 선생님을 따라 말해 보세요.
>   일 월. (1월)

- 교사는 낱말카드에 1월~12월을 쓰고 각각의 카드를 제시하면서 학습자들이 함께 읽을 수 있도록 유도한다.
- '6월: 유월; 10월: 시월'은 유의하여 제시한다.

2. 달력을 미리 준비한 다음 학습자들에게 양력과 음력을 설명해 준다.

> 교사: 무엇이에요?
> 학습자들: 달력이에요.
> 교사: 맞아요. 달력은 우리들에게 어떤 도움을 주나요?
> 학습자들: 날짜를 알려줘요.
> 교사: 맞아요. 1년을 날짜에 따라 적어 놓은 것을 달력이라고 하지요.
>   우리가 사용하는 달력은 양력 달력인데요, 양력은 해의 움직임을 보고 만든 달력이에요. 여기 보세요
>   작은 글씨체로 숫자가 있는 것이 보이죠?
> 학습자들: 네.
> 교사: 음력으로 숫자를 기록한 거예요.
>   음력은 달의 움직임을 보고 만든 달력이에요.
>   그래서 달력에는 두 개의 숫자가 있답니다.

3. 스토리텔링을 한다.

- 교사는 먼저 주요 낱말카드를 준비한다.
  이야기를 하면서 칠판에 낱말카드를 하나씩 제시한다.
  낱말카드에 있는 낱말들을 준비해 두었다가 이야기를 하면서 하나씩 제시한다.

4. 스토리텔링이 끝나면 학습자들에게 삐리리 퀴즈를 낸다.

> 교사: 그럼 지금부터 삐리리 퀴즈를 할거예요. 선생님이 문장을 읽다가 삐리리라고 말할 거예요. 여러
>   분은 삐리리에 들어가는 낱말을 말하면 돼요. 준비됐나요?
> 학습자들: 예.
> 교사: 첫 번째 문제예요.
>   임금님은 막내딸을 제일 좋아했는데 이름이 삐리리예요.
>   하나, 둘, 셋, 넷, 다섯.

학습자들: 직녀.

교사: 와! 잘 했어요. 임금님은 막내딸을 제일 좋아했는데 이름이 직녀였어요.

두 번째 문제예요.

견우와 직녀는 매년 칠월 칠일에 삐리리 강가에서 서로 만났어요.

하나, 둘, 셋, 넷, 다섯.

학습자들: 은하수.

교사: 잘 했어요. 견우와 직녀는 매년 칠월 칠일에 은하수 강가에서 서로 만났어요.

세 번째 문제예요.

삐리리와 삐리리는 은하수 강가에 모여 몸으로 다리를 만들었어요.

하나, 둘, 셋, 넷, 다섯.

학습자들: 까치, 까마귀.

교사: 맞아요. 까치와 까마귀들은 은하수 강가에 모여 몸으로 다리를 만들었어요.

- 퀴즈 도중 정답을 말할 때는 낱말카드를 칠판에 제시하는 것도 좋은 방법이다.

5. 이야기 지도를 통해 인물들의 특징들을 학습자들과 함께 말해본다.
- 교사는 준비된 이야기 지도 표 위에 낱말카드를 제시하면서 이야기 한다. 이 때 교사가 이야기한 내용을 보면서 학습자들은 제시된 상자 속에 있는 낱말들을 오려서 이야기 순서에 따라 표 안에 붙인 후 발표할 수 있도록 유도한다.
- ⑴ 임금님의 막내딸
  ⑵ 남자친구가 있었어요.
  ⑶ 소를 좋아해요.
  ⑷ 항상 소와 함께 다녔어요.
  ⑸ 견우를 만나지 못하게 했어요.
  ⑹ 견우를 동쪽 나라로, 직녀를 서쪽 나라로 보냈어요.
  ⑺ 일 년에 한 번씩 만났어요.
  ⑻ 매년 칠월 칠일에 은하수 강가에서 만났어요.

6. '카드 들기' 놀이를 한다.
- 12달을 적은 낱말카드를 모든 학습자들에게 골고루 나누어 준다.
- 교사의 말을 듣고 해당되는 달의 카드를 든 학습자들은 카드를 높이 든다.
- 익숙하게 되면 날짜도 함께 부르도록 한다.
  (날짜는 손가락으로 표현할 수 있도록 유도한다.)

7. 활동지
- 짝 활동을 하며 본인의 생일을 말할 수 있도록 한다.
- 예를 들어 "내 생일은 ○월 ○일이야"라고 말한다.
- 교사는 학습자를 호명하여 자신의 생일을 말하게 한다.
- 나머지 학생들은 듣고 적어 볼 수 있도록 유도한다.

8. '몸으로 만들어 봐요' 놀이를 한다.
- 교사의 말을 듣고 학습자들은 몸으로 표현한다.
- 예를 들어 교사가 몸으로 "ㄱ을 만들어 봐요"라고 말하면 학습자는 차렷 자세에서 허리를 앞으로 숙여 'ㄱ'을 만든다.
- 또 짝 활동이나 모둠활동을 할 수 있다.
- 예를 들어 "다리를 만들어 봐요"라고 말하면 학습자들은 모두 모여 허리를 숙여 다리를 만든다.

활동지

■ 친구가 불러주는 달과 날짜를 잘 듣고 써 보세요.

❶

❷

❸

❹

이야기 지도 그리기

■ 상자 속에 있는 낱말들을 오려서 이야기 순서에 따라 원 안에 붙이세요.

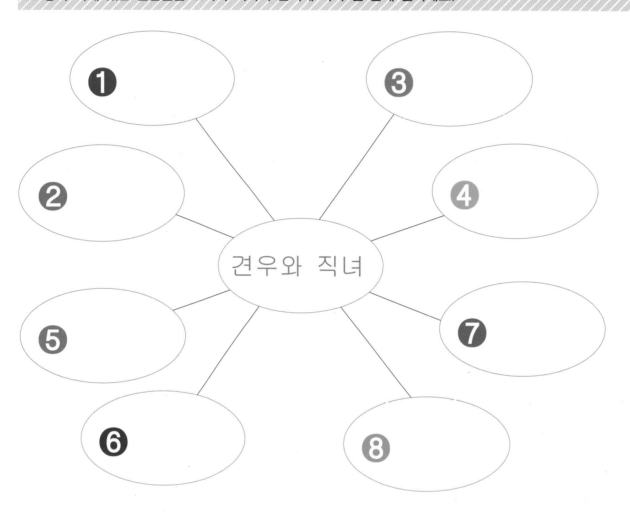

✂ ....

임금님의 막내딸	소를 좋아해요.	견우를 만나지 못하게 했어요.	일 년에 한 번씩 만났어요.
남자친구가 있었어요.	항상 소와 함께 다녔어요.	견우를 동쪽 나라로, 직녀를 서쪽 나라로 보냈어요.	매년 칠월 칠일에 은하수 강가에서 만났어요.

활동 내용 2

■ **수업 재료**

- 본문 내용을 적은 큰 종이
- 후프
- 낱말카드(낱말카드 쪽 참조), 활동카드
- A4용지, 색연필

■ **학습 활동**

1. 교사는 본문 내용을 적은 종이를 미리 준비해서 학습자들과 함께 나누어 읽기를 한다.
- 나누어 읽기 (Shared Reading)란 교사와 학습자가 나누어 읽는 방법으로 교사는 글을 읽기 전에 먼저 각 배역 (평강 공주, 온달, 임금님)에 신청자들을 받는다. 교사가 글을 읽어가다가 해당 배역 대화 글에서는 그 학습자가 글을 읽을 수 있도록 유도한다.

2. 손 유희를 한다.

> **교사**: 선생님의 말을 잘 듣고 손가락으로 어떤 것을 만들고 있는지 말해보세요.
> 엄지손가락을 첫 번째 손가락이라고 하고, 새끼손가락을 다섯 번째 손가락이라고 해요. 그럼, 준비됐나요?
> **학습자들**: 네.
> **교사**: 첫째 손가락을 위로, 둘째 손가락을 아래로, 셋째 손가락을 아래로, 넷째 손가락을 아래로, 다섯째 손가락을 아래로 했을 때 무엇이 될까요?
> **학습자들**: Number 1. (최고)
> **교사**: 와! 좋은 생각이에요. 여기 보세요. 최고를 나타내는 표현이네요.
> 다시 한 번 해 볼까요?
> 첫째 손가락을 아래로, 둘째 손가락을 위로, 셋째 손가락을 위로, 넷째 손가락을 아래로, 다섯째 손가락을 아래로 했을 때 무엇이 될까요?
> **학습자들**: 가위, 승리의 V.
> **교사**: 주먹을 위로 올려보니까 달팽이가 되네요.
> 손가락으로 여러 모양을 만들 수가 있어요.

3. 우리나라의 명절을 소개한다.

> **교사**: (음력) 1월 1일이 무슨 날일까요?
> **학습자들**: 설날이에요.
> **교사**: 맞아요. (음력) 1월 1일은 설날이에요. 우리나라의 최고의 명절이지요.
> 설날이라고 할 때 생각나는 것은 무엇이 있을까요?

- 낱말 지도를 그리면서 수업해본다.

- 추석과 정월대보름에 대해서도 낱말 지도를 만들어 본다.
  추석: 음력 8월 15일, 한가위, 송편, 씨름, 줄다리기, 강강술래
  정월대보름: 음력 1월 15일, 오곡밥, 쥐불놀이, 더위팔기, 팥죽 먹기

4. '동쪽으로, 서쪽으로 놀이'를 한다.
- 교사는 명절에 하는 활동들을 카드로 만든다. (3번 활동 참조)
- 후프를 준비한다.
- 학습자들을 두 개의 팀으로 나눈 다음 팀 별로 앉게 한다.
- 후프가 놓인 곳에서 양 옆으로 70cm정도 떨어진 곳에 책상을 둔다.
- 책상 위에 각각 활동카드를 펴놓는다.
- 각 팀에서 한 명씩 나와서 후프 속에 등을 맞대고 들어간 다음 후프를 허리까지 들어올린다.
- 교사의 신호와 함께 힘껏 카드가 놓여 있는 곳으로 간다.
- 이 때, 교사는 미리 어떤 활동카드를 집어야 하는지 알려준다. 예를 들어 설날에 할 수 있는 놀이라고 한다면 학습자들은 알맞은 활동카드를 가지고 와야 한다.
- 활동카드를 정확하게 많이 가지고 온 팀이 이기게 된다.

5. 활동지를 풀어본다.
- 어떤 행사와 관련이 있는지 주어진 낱말을 보면서 생각해 볼 수 있도록 한다.

6. 책 만들기를 한다. (Accordion Book)
- A4용지 한 장을 가로 방향으로 반을 접은 다음 다시 반으로 접는다.
- 종이를 펴서 다시 세로 방향으로 반을 접는다.
- 종이를 세로 방향으로 접은 다음 가위로 자른다.
- 두 장의 종이를 마주보게 한 다음 테이프로 고정시킨다.
- 아코디언 접기를 한다.

활동지

■ 어떤 행사와 관련이 있는지 보기를 보면서 써 보세요.

① 음력
8월 15일   송편   강강술래

② 일 년에
한 번   미역국   선물

③ 오곡밥   팥죽   음력
1월 15일

④ 연날리기   세뱃돈   음력
1월 1일

보기

설, 정월대보름, 생일, 추석

책 만들기(Accordion Book)

① A4용지 한 장을 가로 방향으로 반을 접은 다음 다시 반으로 접는다.

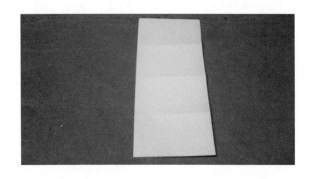

② 종이를 펴서 다시 세로 방향으로 반을 접는다.

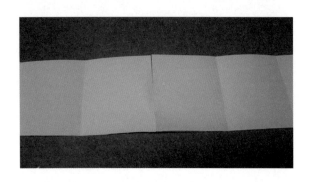

③ 종이를 세로 방향으로 접은 다음 가위로 자르고 두 장의 종이를 마주보게 한 다음 테이프로 고정시킨다.

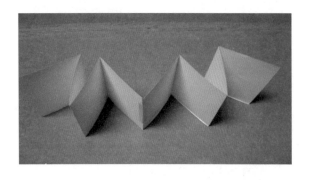

④ 아코디언 접기를 한다.

✂ ┈┈

동	서
남	북
은하수	까치

☐ 복사해서 쓰세요.

낱말카드

까마귀

다리

일 년

만나다

넓다

깊다

도움터

1등급	옛날, 딸, 다섯, 명(사람), 있다, 제일, 좋아하다, 이름, 결혼하다, 나이, 되다, 좋다, 남자, 친구, 만나다, 그러나, 모두, 싫다, 왜냐하면, 때문, 소, 항상, 함께, 다니다, 다시, 화내다, 말하다, 두(2), 사람, 더욱, 멀리, 보내다, 동쪽, 나라, 서쪽, 울다, 헤어지다, 불쌍하다, 그래서, 일(1), 년(year), 한(1), 번(time), 칠(7), 월(month), 일(day), 서로, 그런데, 강, 너무, 넓다, 깊다, 건너다, 멀리, 보다, 까치, 보이다, 다리(bridge), 위, 기쁘다, 눈물, 흘리다, 비
2등급	하늘나라, 임금님, 막내, 어느덧, 몰래, 매년, 은하수, 강가, 까마귀
3등급	허락하다
4등급	씩

Memo

흥부와 놀부

옛날 옛날에 어느 마을에 형 놀부와 동생 흥부가 살았어요.
흥부는 착한 사람이었지만 놀부는 욕심이 많고 나쁜 사람이었어요.
"얘들아, 돈을 똑같이 나누어 가져라. 그리고 사이좋게 지내라."
아버지가 돌아가시기 전에 말씀하셨어요.
그런데 놀부는 흥부의 돈을 모두 빼앗고 흥부네 가족을 내쫓았어요.
흥부는 가난했지만 열심히 일했어요.

어느 봄날, 제비 한 마리가 흥부의 집에 날아와서 지붕 밑에 살았어요.
제비는 새끼를 낳았고, 새끼 제비들은 잘 자랐어요.
그런데 새끼 제비 한 마리가 떨어져서 다리가 부러졌어요.
"저런, 내가 고쳐줄게" 흥부가 말했어요.
흥부는 새끼 제비의 다리를 고쳐 주었어요.
"흥부 아저씨, 고마워요." 새끼 제비가 말했어요.
가을이 되어 제비들이 모두 남쪽으로 떠났어요.
다음 해 봄이 되어 제비들이 흥부의 집에 다시 돌아왔어요.
그리고 흥부에게 박씨 하나를 주었어요.

흥부는 박씨를 심었고 가을이 되자 박이 주렁주렁 열렸어요.
흥부의 가족들이 박을 잘랐어요. 박 속에는 보물들이 가득했어요.
그리고 착한 도깨비들이 나와서 큰 집을 지어 주었어요.

이 이야기를 들은 놀부는 샘이 났어요.
그래서 제비를 잡아와서 다리를 부러뜨렸어요. 그리고 다시 고쳐 주었어요.
다음 해 봄에 제비가 놀부에게도 박 씨 하나를 주었어요.
놀부는 박 씨를 심었고 가을이 되자 박이 주렁주렁 열렸어요.
놀부의 가족들이 박을 잘랐어요.

그런데 놀부의 박 속에서는 나쁜 도깨비들이 나왔어요.
도깨비들은 놀부와 놀부의 가족들을 방망이로 때렸어요.
그리고 집도 부수도 돈을 모두 빼앗아 갔어요.
이 이야기를 들은 흥부는 놀부를 찾아 갔어요.
흥부는 놀부의 가족을 자기 집으로 데리고 왔어요.
"흥부야, 그동안 정말 미안했어." 놀부가 사과했어요.
착한 흥부는 놀부를 용서해 주었어요.
흥부와 놀부는 사이좋게 살았어요.

수업계획안

책 제목	흥부와 놀부		
학급 형태	나이	5~10세	
	수준	중급 (듣기: 중급/ 말하기: 중급/ 읽기: 중급/ 쓰기: 중급)	
	학생 수	20명	시간	40~50분
어휘	제비, 봄, 가을, 박씨, 지붕, 고쳐주다, 사이좋게 지내다, 빼앗다, 가난하다, 용서하다, 다리가 부러지다, 다리를 부러뜨리다		
표현	가을이 되어 제비들이 모두 남쪽으로 떠났어요. 돈을 똑같이 나누어 가져라. 그리고 사이좋게 지내라.		
목표	이야기의 내용을 듣고 이해할 수 있다. 이야기 속의 인물들에 대한 정보를 말할 수 있다. 사계절을 소개한다. 계절의 변화와 특징에 대해 말할 수 있다. 접속사를 사용하여 문장을 연결할 수 있다.		

과정	학습 활동	
수업 단계	1. 제시하기 → 배경지식 쌓기	1. 사계절을 소개한다. (활동 내용 참조) 2. 마임으로 계절을 소개한다. (활동 내용 참조)
	2. 연습하기 → 스토리텔링과 이야기 지도 그리기	1. 스토리텔링을 한다. → 교사는 낱말카드를 사용하면서 이야기 한다.(활동 내용 참조) 2. 이야기에 나오는 내용을 질문해 본다. → 게임: 삐리리 퀴즈 (활동 내용 참조) 3. 이야기 지도를 그리고 말하기를 한다. → 이야기 지도를 통해 학생들 스스로가 이야기를 말할 수 있다. (활동 내용 참조) 4. 통제적 말하기 → 게임: 봄, 여름, 가을, 겨울 (활동 내용 참조) 5. 유도적 말하기 → 놀이: 나무 꾸미기 (활동 내용 참조) 5. 교사와 나누어 글 읽기를 한다. → 배역 나누어서 읽기 (활동 내용 참조) 6. 모둠별 게임을 한다. → 게임: '풍선을 찾아라'를 한다. (활동 내용 참조)
	3. 활용하기 → 책 만들기와 역할극하기	1. 학습자 스스로가 책 만들기를 한다. → 책 만들기 (활동 내용 참조) 2. 학습자들이 활동지를 풀어 본다. (활동내용 참조)

활동 내용 1

■ 수업 재료

- 낱말카드 (낱말카드 쪽 참조)
- 종이, 탈지면, 색종이, 나뭇잎, 단풍잎
- 색연필

■ 학습 활동

1. 사계절을 소개한다.

> 교사: 1년에는 사계절이 있어요. 봄, 여름, 가을, 겨울이에요. 따라해 볼까요?
> 학습자들: 1년에는 사계절이 있어요. 봄, 여름, 가을, 겨울이에요.
> 교사: 맞아요. 봄에는 제비가 날아오지요. 무엇이 날아온다고 했나요?
> 학습자들: 제비.
> 교사: 맞아요. 또 나무에 새싹이 돋고, 날씨가 따뜻해요. 꽃이 많이 펴요.
>   여름은 날씨가 어때요?
> 학습자들: 더워요.
> 교사: 맞아요. 여름은 날씨가 더워서 강이나 바다로 사람들이 피서를 가지요.
>   또 학생들에게는 여름방학이 있어요. 비도 굉장히 많이 오지요.
>   자, 가을은 날씨가 점점 서늘해져요. 가을에 나뭇잎들은 어떻게 변하나요?
> 학습자들: 빨강색, 노란색, 갈색으로 변해요.
> 교사: 맞아요. 초록색 나뭇잎들이 단풍이 들지요. 그래서 나뭇잎들의 색깔이 빨갛고 노랗고 갈색이기
>   도 해요.
>   가을에는 우리나라의 대표적인 명절이 있지요. 무엇일까요?
> 학습자들: 추석
> 교사: 맞아요. 겨울은 날씨가 어때요?
> 학습자들: 추워요.
> 교사: 네, 겨울에는 춥고 눈이 오지요.
>   그래서 눈사람도 만들고 눈싸움도 하지요.

2. 마임하기를 한다.
- 아래의 예와 같이 사계절을 표현할 수 있는 마임을 하고 학습자들에게 어떤 계절인지 질문한다.
- 봄: 가볍게 주먹 쥔 손을 손바닥이 위로 오게 해서 오므렸다 폈다 한다.
   여름: 손바닥을 펴서 부채를 사용하듯 얼굴에 부친다.
   가을: 손바닥을 펴서 낙엽이 천천히 떨어지는 듯 아래로 내려오게 한다.
   겨울: 두 손을 마주해서 입김을 불어 넣는다. 또 몸을 움츠려본다.

3. 스토리텔링을 한다.
- 교사는 먼저 주요 낱말카드를 준비한다. 이야기를 하면서 칠판에 낱말카드를 하나씩 제시한다. 낱말카드에
   있는 낱말들을 준비해 두었다가 이야기를 하면서 하나씩 제시한다.

4. 스토리텔링이 끝나면 학습자들에게 삐리리 퀴즈를 낸다.

교사: 그럼 지금부터 삐리리 퀴즈를 할거예요. 선생님이 문장을 읽다가 삐리리라고 말할 거예요. 여러분은 삐리리에 들어가는 낱말을 말하면 돼요. 준비됐나요?

학습자들: 예.

교사: 첫 번째 문제예요. 어느 봄날, 삐리리 한 마리가 흥부의 집에 날아왔어요. 하나, 둘, 셋, 넷, 다섯.

학습자들: 제비.

교사: 와! 잘 했어요. 어느 봄날, 제비 한 마리가 흥부의 집에 날아왔어요.
두 번째 문제예요. 흥부의 박 속에는 삐리리가 가득했어요.
하나, 둘, 셋, 넷, 다섯.

학습자들: 보물.

교사: 잘 했어요. 흥부의 박 속에는 보물이 가득했어요.
세 번째 문제예요.
도깨비들은 놀부와 놀부의 가족들을 삐리리로 때렸어요.
하나, 둘, 셋, 넷, 다섯.

학습자들: 방망이.

교사: 맞아요. 도깨비들은 놀부와 놀부의 가족들을 방망이로 때렸어요.

- 퀴즈 도중 정답을 말할 때는 낱말카드를 칠판에 제시하는 것도 좋다.

5. 이야기 지도를 통해 인물들의 특징들을 학습자들과 함께 말해본다.

- 교사는 준비된 이야기 지도 표 위에 낱말카드를 제시하면서 이야기 한다. 이 때 교사가 이야기한 내용을 보면서 학습자들은 제시된 상자 속에 있는 낱말들을 오려서 이야기 순서에 따라 표 안에 붙인 후 발표할 수 있도록 유도한다.
- 흥부: 동생/ 착해요./ 제비 다리를 고쳐줬어요./ 착한 도깨비와 보물/ 용서했어요.
  놀부: 형/ 욕심이 많아요./ 제비 다리를 부러뜨렸어요./ 나쁜 도깨비와 방망이/ 사과했어요.

6. '봄, 여름, 가을, 겨울' 게임을 한다.

- 학습자들을 원형으로 앉게 한다.
- 학습자들과 의논하여 게임의 규칙을 정한다.
- 예를 들어, 봄은 한 번만 손뼉을 치고, 여름은 두 번, 가을은 세 번, 겨울은 네 번 손뼉을 치도록 정한다.
- 학습자들은 정한 규칙대로 돌아가며 말한다.
- 교사가 "거꾸로"라고 외치면 게임의 방향을 반대로 바꾸어 진행한다.
- 학습자들은 옆 사람의 말을 잘 들어야 자신의 차례가 되었을 때 바르게 손뼉을 치면서 낱말을 말할 수 있다.

7. '나무꾸미기' 놀이를 한다.

- 학습자들을 네 개의 모둠으로 나눈다.
- 2절지를 각 모둠에 한 장씩 나누어 준다.
- 교사는 종이에 나무 가지만 그려 놓는다.
- 약간의 탈지면, 색종이로 만든 꽃잎들, 초록색 나뭇잎들, 단풍잎들을 미리 오려서 준비해 둔다.
- 모둠의 대표들이 나와서 어느 계절을 할지 정한다.
- 정해진 계절을 모둠의 학습자들이 여러 가지 재료들을 사용해서 꾸미도록 유도한다.

8. 활동지

- 사계절의 변화와 특징을 말한다.

■ 계절별로 맞게 선을 연결하고 계절 이름을 적어 보세요.

 ・ ・ 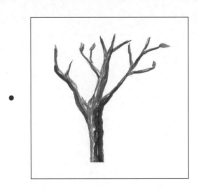 ・ ・

 ・ ・ 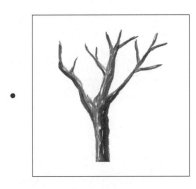 ・ ・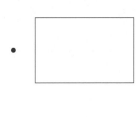

 ・ ・ 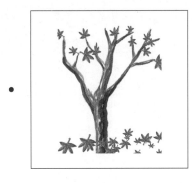 ・ ・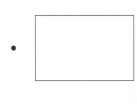

 ・ ・  ・ ・

이야기 지도 그리기

	흥부	놀부
가족 관계		
성격		
제비		
박		
어떻게 됐어요?		

✂ ···

나쁜 도깨비와 방망이	용서했어요	착해요	욕심이 많아요
동생	형	사과했어요	착한 도깨비와 보물
제비 다리를 부러뜨렸어요		제비 다리를 고쳐줬어요	

■ 수업 재료

- 본문 내용을 적은 큰 종이
- 뿅망치 2개
- 낱말카드(낱말카드 쪽 참조), 활동카드
- 색연필

■ 학습 활동

1. 교사는 본문 내용을 적은 종이를 미리 준비해서 학습자들과 함께 나누어 읽기를 한다.
- 나누어 읽기 (Shared Reading)란 교사와 학습자가 나누어 읽는 방법으로 교사는 글을 읽기 전에 먼저 각 배역 (아버지, 흥부, 제비, 놀부)에 신청자들을 받는다. 교사가 글을 읽어가다가 해당 배역 대화 글에서는 그 학습 자가 글을 읽을 수 있도록 유도한다.

2. 접속사를 소개한다.

> 교사: 여러분, 오늘은 문장을 이어주는 말을 배울거예요.
> 이 낱말을 ('그리고' 카드를 보이면서) 읽어 보세요.
> 학습자들: 그리고.
> 교사: 맞아요. '그리고'는 두 문장을 연결할 때 사용해요.
> 여기 이 문장을 읽어 보세요.
> 학습자들: 밥을 먹어요. 물을 마셔요.
> 교사: 잘 했어요. 이 두 문장을 연결할 때 '그리고'를 사용해요.
> ('그리고' 카드를 두 문장 사이에 놓으면서)
> 밥을 먹어요. 그리고 물을 마셔요.
> 학습자들: 밥을 먹어요. 그리고 물을 마셔요.
> 교사: 이 낱말을 ('그런데' 카드를 보이면서) 읽어 보세요.
> 학습자들: 그런데.
> 교사: 맞아요. '그런데'는 앞말의 내용에서 다른 내용으로 바꿀 때 사용해요.
> 여기 이 문장을 읽어 보세요.
> 학습자들: 넘어졌어요. 울지 않아요.
> 교사: 잘 했어요. 이 두 문장을 이어줄 때 '그런데'를 사용해요.
> ('그런데' 카드를 두 문장 사이에 놓으면서)
> 넘어졌어요. 그런데 울지 않아요.
> 학습자들: 넘어졌어요. 그런데 울지 않아요.
> 교사: 잘 했어요. 이 낱말을 ('그래서' 카드를 보이면서) 읽어 보세요.
> 학습자들: 그래서.
> 교사: 잘 했어요. '그래서'는 앞 문장이 뒷 문장의 이유일 때 사용해요.
> 여기 이 문장을 읽어 보세요.
> 학습자들: 열이 나요. 약을 먹어요.

교사: 잘 했어요. 이 두 문장을 이어줄 때 '그래서'를 사용해요.

('그래서' 카드를 두 문장 사이에 놓으면서)

열이 나요. 그래서 약을 먹어요.

학습자들: 열이 나요. 그래서 약을 먹어요.

교사: 잘 했어요.

3. 적절한 접속사를 사용할 수 있도록 연습한다.
- 교사는 뿅망치 (망치 모양의 장난감으로 사물을 치면 소리가 난다)를 두 개 준비한다.
- 칠판에 '그리고', '그런데', '그래서'의 낱말카드를 제시한다.
- 원하는 학습자를 불러내어 뿅망치를 준다.
- 교사가 말하는 문장을 듣고 난 다음 두 문장을 이어주는 알맞은 접속사를 찾아 뿅망치로 그 낱말을 두드린다.
- 예를 들어, '장갑을 껴요. (   ) 모자를 써요.' 라는 문장이 있을 때 '그리고'의 낱말 위에 뿅망치로 살짝 칠 수 있도록 유도한다.

4. '풍선을 찾아라' 게임을 한다.
- 교사는 풍선을 불어 놓은 다음 '그리고, 그런데, 그래서'의 낱말카드를 풍선에 각각 붙인다.
- 학습자들을 6개의 모둠으로 나눈다.
- 먼저 두 개의 모둠이 앞으로 나와서 교사가 미리 준비해 두었던 문장 카드와 풍선을 교사에게서 받아간다.
- 교사는 두 모둠에게 일정한 시간을 준 다음 학습자들이 문장을 읽을 때 앞 뒤 상황에 맞게 적절한 풍선을 가지고 있는지를 확인한다.
- 예를 들어,
① 박 속에는 보물들이 가득했어요.
② 착한 도깨비들이 나와서 큰 집을 지어 주었어요. 이 이야기를 들은 놀부는 샘이 났어요.
③ 제비를 잡아와서 다리를 부러뜨리고 다시 고쳐주었어요. 제비가 놀부에게도 박씨를 주었어요. 가을에 박이 주렁주렁 열리고 놀부의 가족들이 박을 잘랐어요.
④ 놀부의 박속에서는 나쁜 도깨비들이 나왔어요.
이 때 ①과 ②사이에 '그리고', ②와 ③사이에 '그래서', ③과 ④사이에 '그런데'가 있는 풍선을 들게 한다.

5. 활동지를 풀어본다.
- 문장을 읽고 알맞은 접속사를 찾을 수 있도록 유도한다.
- 1 : 그런데, 2 : 그리고, 3 : 그래서, 4 : 그리고

6. 책 만들기를 한다. (Cross Book)
- A4용지 한 장에 가로 18cm, 세로 27cm가 되도록 한 다음 자른다.
- 두 장의 종이가 십자 모양이 될 수 있도록 만든 다음 중앙을 붙인다.
- 아랫면을 위로 접고 다시 그 위에 옆면을 접는다.
- 흥부에 대한 정보나 놀부에 대한 정보를 각 면 마다 적은 다음 스무고개를 해 본다.

활동지

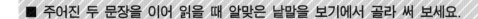

■ 주어진 두 문장을 이어 읽을 때 알맞은 낱말을 보기에서 골라 써 보세요.

1 흥부의 가족들이 박을 잘랐어요.
박 속에는 보물들이 가득했어요.

2 돈을 똑 같이 나누어 가져라.
사이좋게 지내라.

3 새끼 제비 한 마리가 떨어져서 다리가 부러졌어요.
흥부는 새끼 제비의 다리를 고쳐 주었어요.

4 도깨비들은 놀부와 놀부의 가족들을 방망이로 때렸어요.
집도 부수고 돈을 모두 빼앗아 갔어요.

보기

그리고, 그래서, 그런데

책 만들기(Cross Book)

① A4용지 한 장에 가로 18cm, 세로 27cm가 되도록 한 다음 자른다.

② 두 장의 종이가 십자 모양이 될 수 있도록 만든 다음 중앙을 붙인다.

③ 아랫면을 위로 접고 다시 옆면을 접은 후, 흥부에 대한 정보나 놀부에 대한 정보를 각 면 마다 적은 다음 스무고개를 해 본다.

제비

봄

가을

박씨

지붕

고쳐주다

낱말카드

사이좋게
지내다

빼앗다

가난하다

용서하다

다리가
부러지다

다리를
부러뜨리다

> 등급

1등급	옛날, 어느, 마을, 형, 동생, 살다, 착하다, 사람, 많다, 나쁘다, 돈, 나누다, 가지다, 그리고, 지내다, 아버지, 돌아가다(죽다), 전(before), 말씀하다, 그런데, 모두, 빼앗다, 가족, 가난하다, 열심히, 일하다, 제비, 한(1), 마리, 집, 지붕, 밑, 새끼, 낳다, 잘, 자라다, 떨어지다, 다리(leg), 고치다, 아저씨, 고맙다, 말하다, 가을, 되다, 남쪽, 떠나다, 다음, 해(year), 봄, 다시, 돌아오다, 하나(1), 주다, 심다, 박, 씨, 열리다, 자르다, 속, 나오다, 크다, 짓다, 이(this), 이야기, 듣다, 그래서, 잡다, 때리다, 찾아가다, 데려오다, 그동안, 정말, 미안하다
2등급	욕심, 똑같이, 사이좋다, 내쫓다, 봄날, 날아오다, 부러지다, 보물, 가득하다, 도깨비, 방망이, 부수다, 사과하다, 용서하다
3등급	주렁주렁, 부러뜨리다
4등급	샘나다

Memo

16

우렁이 아가씨와 농부

옛날 옛날에 어느 마을에 농부가 살고 있었어요.

농부는 결혼할 여자가 없어서 항상 외로웠어요.

"아-, 외로워, 결혼하고 싶어. 누구랑 결혼하지?"
농부는 한숨을 쉬면서 혼자 말했어요.
"저랑 결혼해요."
여자의 목소리가 들렸어요. 이상하게 생각한 농부는 다시 한 번 말했어요.

"누구랑 결혼하지?"
"저랑 결혼해요."

또 여자의 목소리가 들렸어요. 농부가 옆을 보니 우렁이 한 마리만 있었어요.
우렁이가 말을 하는 것이었어요.

농부는 우렁이를 집으로 가져가서 항아리에 넣었어요.
다음 날 농부는 일을 하고 집에 돌아왔어요.

그런데 집이 깨끗했고 밥상에는 맛있는 밥이 있었어요.
농부는 매일 맛있는 밥을 먹을 수 있었어요.

농부는 누가 맛있는 밥을 하는지 궁금했어요.

농부는 집안에 몰래 숨어서 보았어요.

그 때, 항아리에서 예쁜 아가씨가 나왔어요.

아가씨가 밥을 하고, 빨래도 하고, 청소도 했어요.
농부는 아가씨에게 달려갔어요.
"누구세요?"

"저는 바다 용왕님의 딸이에요. 그런데 나쁜 마법에 걸려 우렁이가 되었어요.

착한 남자를 만나 도와주고 결혼을 하면 사람이 될 수 있어요."

그 이야기를 들은 농부는 우렁이 아가씨에게 결혼을 하자고 말했어요.

농부와 우렁이 아가씨는 결혼을 해서 행복하게 살았어요.

책 제목	우렁이 아가씨와 농부				
학급 형태	나이	5~10세			
	수준	중급 (듣기: 중급/ 말하기: 중급/ 읽기: 중급/ 쓰기: 중급)			
	학생 수	20명		시간	40~50분
어휘	우렁이, 아가씨, 농부, 깨끗하다, 숨다, 청소, 빨래, 밥상 맛있는, 한숨을 쉬다, 궁금하다, 매일				
표현	누구랑 결혼하지? 아가씨가 밥을 <u>하고</u>, 빨래도 <u>하고</u>, 청소<u>도 했어요</u>.				
목표	이야기의 내용을 듣고 이해할 수 있다. 이야기 속의 인물들에 대한 정보를 말할 수 있다. 육하원칙을 이해하고 질문하며 답할 수 있다. '~고'를 이용하여 문장을 열거할 수 있다.				

과정	학습 활동	
수업 단계	1. 제시하기 → 배경지식 쌓기	1. 학습자 개개인의 정보를 알기 위해 질문한다. (활동내용 참조) 2. 육하원칙을 설명한다. (활동 내용 참조)
	2. 연습하기 → 스토리텔링과 이야기 지도 그리기	1. 스토리텔링을 한다. → 교사는 단어 카드를 사용하면서 이야기 한다. (활동 내용 참조) 2. 이야기에 나오는 내용을 질문해 본다. → 게임: 삐리리퀴즈 (활동 내용 참조) 3. 이야기 지도를 그리고 말하기를 한다. → 이야기 지도를 통해 학생들 스스로가 이야기를 말 할 수 있다. (활동 내용 참조) 4. 통제적 말하기 → 주사위 던지기 놀이 (활동 내용 참조) 5. 유도적 말하기 → 게임: 기자되기 (활동 내용 참조) 6. 교사와 나누어 글 읽기를 한다. → 배역 나누어서 읽기 (활동 내용 참조) 7. 개인별 게임을 한다. → 게임: 수다쟁이 게임을 한다. (활동 내용 참조)
	3. 활용하기 → 책 만들기와 역할극하기	1. 학습자 스스로가 책 만들기를 한다. → 책 만들기 (활동 내용 참조) 2. 학습자들이 활동지를 풀어본다. (활동 내용 참조)

활동 내용 1

■ **수업 재료**

- 낱말카드 (낱말카드 쪽 참조)
- 주사위 1개
- 연필

■ **학습 활동**

1. 학습자 개개인의 정보를 알기 위해 질문한다.

> **교사:** (한 학습자에게 다가가서) 누구세요? 이름을 말해 주세요.
> **학습자:** 민규예요.
> **교사:** 그렇군요. 언제 태어났어요? 생일을 말해 주세요.
> **학습자:** 00년 0월 0일에 태어났어요.
> **교사:** 네, 그렇군요. 어디에 살아요? 주소를 말해 주세요.
> **학습자:** 00에 살아요.
> **교사:** 아, 그렇군요. 질문에 답해 주어서 고맙습니다.
> (또 다른 학습자에게 다가가서) 누구세요? 이름을 말해 주세요.
> **학습자:** 승민이에요.
> **교사:** 그렇군요. 전화번호가 무엇이에요? 말해 주세요.
> **학습자:** 000-0000입니다.
> **교사:** 네, 그렇군요. 어떻게 학교에서 집으로 가나요? 걸어서 가나요?
> 아니면 차를 타고 가나요?
> **학습자:** 걸어서 집으로 가요.
> **교사:** 무슨 음식을 좋아하나요?
> **학습자:** 갈비를 좋아해요.
> **교사:** 왜 갈비를 좋아하나요? 이유를 말해 줄 수 있어요?
> **학습자:** 갈비는 맛있어요.
> **교사:** 네, 그렇군요. 질문에 답해 주어서 고마워요.

2. 낱말카드 (누가, 언제, 어디서, 무엇을, 어떻게, 왜)를 준비해서 주머니에 넣어 둔다. 주머니에서 카드를 한 장씩 꺼내어 칠판에 제시하면서 학습자들에게 앞의 내용을 다시 질문해 본다.

3. 스토리텔링을 한다.
- 교사는 먼저 주요 낱말카드를 준비한다.
  이야기를 하면서 칠판에 낱말카드를 하나씩 제시한다.
  낱말카드에 있는 단어들을 준비해 두었다가 이야기를 하면서 하나씩 제시한다.

4. 스토리텔링이 끝나면 학습자들에게 삐리리 퀴즈를 낸다.

> **교사:** 그럼 지금부터 삐리리 퀴즈를 할거예요. 선생님이 문장을 읽다가 삐리리라고 말할 거예요. 여러분은 삐리리에 들어가는 단어를 말하면 돼요. 준비됐나요?
> **학습자들:** 예.

> **교사:** 첫 번째 문제예요.
>   농부는 여자의 목소리를 들었어요. 옆을 보니 삐리리가 한 마리만 있었어요. 무엇일까요?
>   하나, 둘, 셋, 넷, 다섯.
>
> **학습자들:** 우렁이.
>
> **교사:** 와! 잘 했어요. 농부는 여자의 목소리를 들었어요. 옆을 보니 우렁이가 한 마리만 있었어요.
>   두 번째 문제예요.
>   농부는 집안에 몰래 숨어서 보았어요. 그 때, 항아리에서 삐리리가 나왔어요. 누구였지요?
>   하나, 둘, 셋, 넷, 다섯.
>
> **학습자들:** 아가씨.
>
> **교사:** 잘 했어요. 농부는 집안에 몰래 숨어서 보았어요. 그 때, 항아리에서 예쁜 아가씨가 나왔어요.
>   세 번째 문제예요.
>   아가씨는 착한 남자를 만나 도와주고 삐리리를 하면 사람이 될 수 있어요. 어떻게 하면 사람이
>   될 수 있어요?
>   하나, 둘, 셋, 넷, 다섯.
>
> **학습자들:** 결혼.
>
> **교사:** 맞아요. 아가씨는 착한 남자를 만나 도와주고 결혼을 하면 사람이 될 수 있어요.

- 퀴즈 도중 정답을 말할 때는 낱말카드를 칠판에 제시하는 것도 좋은 방법이다.

5. 이야기 지도를 통해 인물들의 특징들을 학습자들과 함께 말해본다.
- 교사는 준비된 이야기 지도 표 위에 단어 카드를 제시하면서 이야기 한다. 이 때 교사가 이야기한 내용을 보면서 학습자들은 제시된 상자 속에 있는 단어들을 오려서 이야기 순서에 따라 표 안에 붙인 후 발표할 수 있도록 유도한다.
- 누가에 '농부, 우렁이 아가씨'를 넣고 학습자들과 의논하여 상황에 맞는 문장을 자유롭게 만든다.

6. '주사위 던지기' 놀이를 한다.
- 주사위에 낱말카드 (누가, 언제, 어디서, 무엇을, 어떻게, 왜)를 붙인다.
- 다음과 같이 미리 질문할 내용을 칠판에 제시한다.
- 누구세요?/ 생일이 언제예요?/ 어디서 살아요?/ 어떻게 학교에서 집으로 가요?/ 무슨 음식을 좋아해요?/ 왜 00를 좋아해요?
- 학습자가 나와서 주사위를 던져 해당 단어를 읽고 칠판에서 그 단어가 들어가는 질문을 찾아 읽어본다.

7. '기자되기'를 한다.
- 학습자들에게 활동지 (활동지 참조)를 나누어 준다.
- 교사의 시작신호와 함께 다른 학습자를 찾아가 가위, 바위, 보를 해서 이기는 사람만 질문하도록 한다.
- 질문에 대한 답을 활동지에 적고 또 다른 학습자에게 간다. 같은 방식으로 진행한다.
- 질문지에서 3개의 빙고가 완성된 사람은 교사에게로 온다.

8. 활동지
- 모둠 활동을 한다.
- 놀이가 거의 끝날 때 다시 교사는 신호를 주어서 학습자들을 모은다.
- 조사한 내용을 발표할 수 있도록 시간을 갖는다.

■ 친구들에게 질문해 보세요.

누구세요? 생일이 언제예요? 어디서 살아요? 어떻게 학교에서 집으로 가요? 무슨 음식을 좋아해요? 왜 OO를 좋아해요?	누구세요? 생일이 언제예요? 어디서 살아요? 어떻게 학교에서 집으로 가요? 무슨 음식을 좋아해요? 왜 OO를 좋아해요?	누구세요? 생일이 언제예요? 어디서 살아요? 어떻게 학교에서 집으로 가요? 무슨 음식을 좋아해요? 왜 OO를 좋아해요?
누구세요? 생일이 언제예요? 어디서 살아요? 어떻게 학교에서 집으로 가요? 무슨 음식을 좋아해요? 왜 OO를 좋아해요?	누구세요? 생일이 언제예요? 어디서 살아요? 어떻게 학교에서 집으로 가요? 무슨 음식을 좋아해요? 왜 OO를 좋아해요?	누구세요? 생일이 언제예요? 어디서 살아요? 어떻게 학교에서 집으로 가요? 무슨 음식을 좋아해요? 왜 OO를 좋아해요?
누구세요? 생일이 언제예요? 어디서 살아요? 어떻게 학교에서 집으로 가요? 무슨 음식을 좋아해요? 왜 OO를 좋아해요?	누구세요? 생일이 언제예요? 어디서 살아요? 어떻게 학교에서 집으로 가요? 무슨 음식을 좋아해요? 왜 OO를 좋아해요?	누구세요? 생일이 언제예요? 어디서 살아요? 어떻게 학교에서 집으로 가요? 무슨 음식을 좋아해요? 왜 OO를 좋아해요?

이야기 지도 그리기

■ 선생님과 함께 이야기 하면서 빈칸을 채워 보세요.

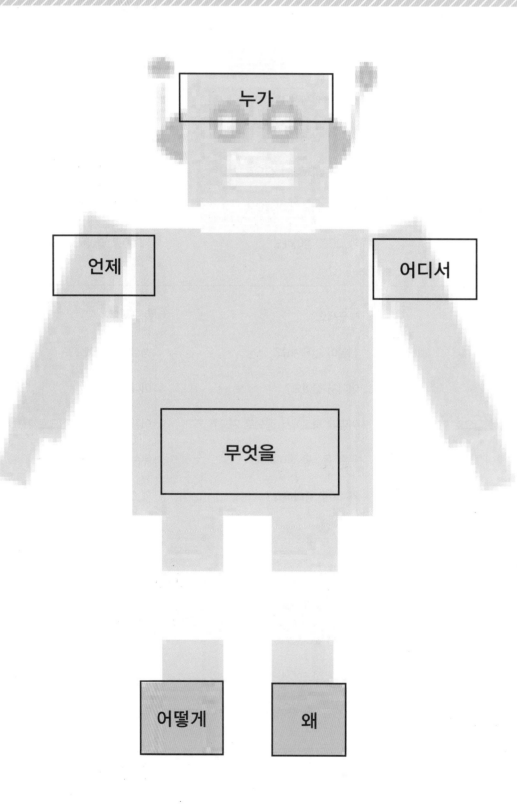

누가

언제

어디서

무엇을

어떻게

왜

■ **수업 재료**

- 본문 내용을 적은 큰 종이
- 공 1개
- 낱말카드 (낱말카드 쪽 참조)
- 연필

■ **학습 활동**

1. 교사는 본문 내용을 적은 종이를 미리 준비해서 학습자들과 함께 나누어 읽기를 한다.
- 나누어 읽기 (Shared Reading)란 교사와 학습자가 나누어 읽는 방법으로 교사는 글을 읽기 전에 먼저 각 배역 (농부, 우렁이 아가씨)에 신청자들을 받는다. 교사가 글을 읽어가다가 해당 배역 대화 글에서는 그 학습자가 글을 읽을 수 있도록 유도한다.

2. 마임 (Mime)으로 동작을 표현하면서 학습자들의 참여를 유도한다.

> **교사**: 선생님을 잘 보세요. 말을 하지 않고 동작만 보일 거예요. 무엇을 하고 있는지 생각나는 대로 말해 보세요.
> **학습자들**: 공부를 해요.
> **교사**: 네. 공부를 해요. 이제는 두 가지를 한 번에 보여줄 거예요. 잘 보세요. (책을 읽는 표현, 운동을 하는 표현을 한다.)
> **학습자들**: 책을 읽어요. 운동을 해요.
> **교사**: 잘 했어요. 처음에는 공부를 하는 표현을 했어요. 두 번째는 책을 읽는 표현을 했고 세 번째는 운동을 하는 표현을 했어요.
> 이제 이 세 가지를 한 번에 말해볼까요?
> 공부를 하고, 책도 읽고, 운동도 해요. 다 같이 말해 볼까요?
> **학습자들**: 공부를 하고, 책을 읽고, 운동을 해요.
> **교사**: 참 잘 했어요. 그럼 우리가 읽은 우렁이 아가씨는 무엇을 했는지 찾아볼 수 있을까요? (교사는 본문이 적힌 종이에서 우렁이 아가씨가 했던 일들을 학습자들이 찾아볼 수 있도록 유도해 본다.)
> **학습자들**: 아가씨가 밥을 하고, 빨래도 하고, 청소도 했어요.
> **교사**: 와! 정말 잘 했어요.

3. '공 전달하기' 놀이를 한다.
- 교사는 공을 준비한다.
- 학습자들을 원형으로 앉게 한다.
- 먼저 교사가 질문을 하고 학습자들이 공을 옆 사람에게 전달하면서 문장을 말한다.
- 교사가 "멈춰"라는 말을 할 때 공을 가지고 있는 사람은 앞에서 말한 사람들의 말을 기억해서 말하게 한다. 이 때 교사는 보통 세 번째나 네 번째 학습자가 공을 가지고 있을 때 "멈춰"라는 말을 하면 좋다.

> **교사**: 수업을 마치고 집으로 돌아왔어요. 그리고 무엇을 해요?
> **학습자 1**: 간식을 먹어요.
> **학습자 2**: 동생을 돌봐요.

학습자 3: 학원에 가요.

학습자 4: 숙제를 해요.

교사: 멈춰! 누가 공을 가지고 있어요?

학습자들: 예영이가 가지고 있어요.

교사: 예영이가 한꺼번에 말해 볼 수 있을까요?

　　　수업을 마치고 집으로 돌아왔어요. 그리고 무엇을 해요?

학습자 4: 간식을 먹고, 동생도 돌보고, 학원도 가고, 숙제도 해요.

교사: 잘 했어요. 선생님의 질문을 잘 듣고 공을 옆 사람에게 주면서 말해 보세요.

　　　식사시간이에요. 무엇을 먹어요.

학습자 5: 밥을 먹어요.

학습자 6: 자장면을 먹어요.

학습자 7: 탕수육을 먹어요.

학습자 8: 치킨을 먹어요.

교사: 멈춰! 누가 공을 가지고 있어요?

학습자들: 주영이가 가지고 있어요.

교사: 주영이가 한꺼번에 말해 볼 수 있을까요?

　　　식사시간이에요. 무엇을 먹어요?

학습자 8: 밥을 먹고, 자장면도 먹고, 탕수육도 먹고, 치킨도 먹어요.

교사: 와! 정말 잘 했어요. 주영이는 정말 배가 부르겠구나.

학습자들: (모두들 웃는다.)

4. '수다쟁이 게임'을 한다.
- 학습자들 가운데 누가 가장 많이 말할 수 있는지 수다쟁이 놀이를 한다.
- 교사가 질문을 하면 '~고'를 사용해서 말할 수 있도록 유도한다.

　　교사: 엄마와 함께 시장에 갔어요. 무엇을 살까요?

　　학습자: 파를 사고, 콩나물을 사고, 두부를 사고, 우유를 사고, 달걀을 사고, 사과를 샀어요.

5. 활동지를 풀어본다.
- 질문에 해당하는 것을 먼저 적어본 다음 '~고'를 사용해서 문장으로 써 볼 수 있도록 유도한다.
- 예를 들어 좋아하는 색을 빈칸 안에 적거나 칠하고 말할 수 있도록 유도한다.

6. 책 만들기를 한다.(Theater Book)
- A4용지를 삼등분으로 접는다.
- A4용지를 삼등분한 지점에서 한 등분을 자른다.
- 자른 종이를 다시 반을 접고 난 다음 다시 반을 접고 각 칸에 이야기에 나오는 내용 중 재미있었던 부분들을 순서대로 그려본다.
- 남은 종이에 가위집을 낸다.
- 가위집을 낸 종이에 그림을 그린 종이를 살짝 끼운다.

활동지

■ 질문에 맞게 빈칸을 채우고 '~고'를 사용해서 말해 보세요.

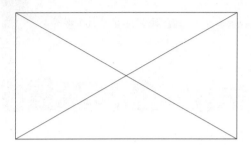

무슨 색깔을 좋아해요?

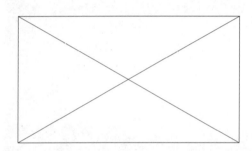

무슨 과목을 좋아해요?

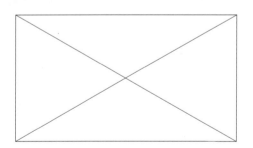

무슨 음식을 좋아해요?

책 만들기(Theater Book)

① A4용지를 삼등분으로 나누 다음 1/3 면을 접는다.

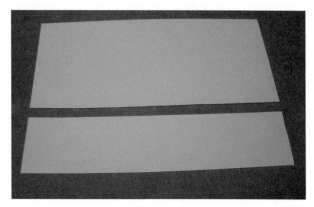

② 접은 면을 자른다.

③ 자른 종이를 반을 접고 난 다음 다시 반을 접는다. 각 칸에는 이야기에 나오는 내용 중 재미있었던 부분들을 순서대로 그리거나 써본다.

④ 남은 종이의 적당한 곳에 가위집을 두 군데 넣는다.

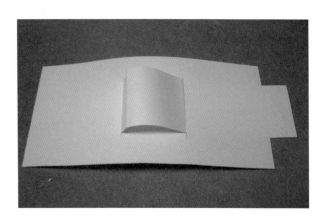

⑤ 가위집을 낸 종이에 ③의 종이를 살짝 끼운다.

□ 복사해서 쓰세요.

✂ ......

우렁이

아가씨

농부

깨끗하다

숨다

청소

낱말카드

빨래

밥상

맛있는

한숨을 쉬다

궁금하다

매일

> 등급

1등급	옛날, 어느, 마을, 농부, 살다, 결혼하다, 여자, 없다, 항상, 외롭다, 누구, (한숨)쉬다, 혼자, 말하다, 저(I/my), 목소리, 들리다, 이상하다, 생각하다, 다시, 한(1), 번(time), 또, 옆, 보다, 마리, 있다, 집, 가져가다, 넣다, 다음, 날(day), 착하다, 일, 돌아오다, 그런데, 깨끗하다, 맛있다, 밥, 매일, 먹다, 집안, 숨다, 예쁘다, 나오다, 빨래, 청소, 하다, 바다, 딸, 나쁘다, 걸리다, 되다, 남자, 만나다, 사람, 그(it), 이야기, 듣다
2등급	한숨, 항아리, 밥상, 궁금하다, 몰래, 아가씨, 달려가다, 용왕, 행복하다
3등급	우렁이, 도와주다
4등급	마법

Memo

16_우렁이 아가씨와 농부 **231**

저자와의
협의하에
인지생략

전래동화와 스토리텔링

2009년 6월 25일   초판 1쇄 인쇄
2009년 6월 30일   초판 1쇄 발행

공   저 김영주 · 이상민
펴낸이 김진수
꾸민이 유승희
펴낸곳 **한국문화사**

주소 133-110 서울특별시 성동구 구의로 3 두앤캔 502호
전화 02)464-7708(대표) 3409-4488(편집부) 468-4592~4(영업부)
팩스 02)499-0846
등록번호 제2-1276호(1991.11.9 등록)
e-mail hkm77@korea.com
homepage www.hankookmunhwasa.co.kr

가 격 20,000원
잘못된 책은 교환해 드립니다.
이 책의 내용은 저작권법에 따라 보호받고 있습니다.

ISBN   978-89-5726-650-2 93800

이 도서의 국립중앙도서관 출판시도서목록(CIP)은 e-CIP홈페이
지(http://www.nl.go.kr/ecip)에서 이용하실 수 있습니다. (CIP
제어번호 : CIP2009001813)